애들아,
말해봐

김명희의 표현교육

애들아, 말해 봐

김명희 · 지음

나라말

너와 나를 살리는 표현 교육

오랜 시간 교단에서 학생들과 참 많은 말을 하며 살아 왔다. 누가 어떤 수업을 하든, 그것이 언어활동 속에서 이루어지고 있음은 두말할 나위가 없다. 어디 수업뿐이겠는가. 나와 다른 사람들과 더불어 살아가야 하는 세상살이에서 언어는 가장 중요한 소통의 도구이자 수단이다. 그런데 이 중 말하기 영역은 국어 교과에서조차 과소평가되어 왔다는 사실에 놀라움을 느끼곤 한다. 아마 거의 모든 사람이 별 어려움 없이 '말'을 하고, 따라서 말하기는 기술이라 할 것도 없이 당연한 것으로 여겨왔기 때문일 것이다. 말하기의 궁극적인 목표는 자신이 의도한 대로 상대방이 이해하고 변화되기를 바라는 설득의 과정이라고도 할 수 있다. 설득의 기술이 뛰어날수록 삶은 우리에게 더 친절하고 호의적인 모습으로 다가온다. 그럼에도 불구하고 사람들과 관계 맺으며 '제대로' 살기 위한 대인 관계 기술은 학교 교육에서는 이미 입시에 떼밀려 나간 지 오래이다. 아니 사실은 한 번도 우리 교육의 한가운데에 자리매김한 적이 없다고 말하는 것이 더 맞을 것이다.

왜 말을 잘 못하는가?

왜 저 사람이 저렇게 화를 낼까?

왜 나는 사랑이라는 이름으로 다가가는데 너는 고통이라 말하는가?

왜 나를 알아주지 않는가?

왜 너는 떠나가는가?

왜 나는 인간관계가 원만하지 못한가?

이를 가리켜 흔히 '사소한' 말하기라고 불렀던가? 말하기 자체는 사소한 것일 수 있으나, 그 사소한 말하기로 인해 벌어지는 문제는 결코 사소하지 않다. 아니, 오히려 사소하기 때문에 더없이 중요한 이 문제를 지금부터라도 옷깃 여미고 정색하며 새롭게 배워야 한다는 사실을 말하고 싶다. 우리는 말을 통해서 친구를 얻거나 잃기도 하고, 기쁨과 슬픔도 대부분 사람으로 인해서 겪게 된다. 그런데 사람과 더불어 살아가는 우리가 정작 사람을 만나고 관계를 지속하는 방법을 몰라 영문도 알 수 없는 실패와 좌절, 악전고투를 거듭하고 있다. 나도 모르는 사이에 기진맥진하여 관계가 걷잡을 수 없는 파국으로 내달린 적이 분명 우리 모두에게는 있지 않은가. 이 글은 그런 문제의식에서 출발했다. 이는 교실에서도 마찬가지다.

일단은 수업에서 시작해 보자.

학생과 교사가 원활하게 교류한 수업치고 나쁜 수업이란 없다. 학생들의 말문이 트이면 원활한 수업이 되고, 곧 성공한 수업이라고 할 수 있기 때문이다. 이것은 국어나 사회과뿐만 아니라 모든 교과가 그렇다. 아이들이 마음의 빗장을 열지 않으면 수업은 빡빡해진다.

그렇다면 아이들의 마음을 어떻게 하면 열게 할 수 있을까? 그 방법을 연구하기 이전에 교사 스스로가 마음의 문을 열어 놓는 작업을 해야 한다. 나의 마음은 닫아 놓고 아이들에게만 "말해 봐." 해 보았자 될 리가 없다. 말이라는 것, 마음을 연다는 것은 전기처럼 서로에게 전해지니까. 그래서 교사부터 자신을 정직하게 드러내는 자세를 갖추어야 한다. 아이들을 '어떻게 가르칠 것인가'를 묻기 이전에 '내가 누구이며, 어떻게 변해야 할 것인가'를 스스로 물어야 한다는 것이다.

여기에는 '마음으로 다른 사람을 만나게 해 주는 훈련'이라는 점에서 집단 상담이 매우 효과적이다. 나는 지금 무엇을 생각하고 있고, 무엇을 원하고 있으며, 또 무엇을 두려워하고 있는지를 다른 사람들과 나누는 작업을 해 봄으로써 스스로를 객관화시켜 볼 일이다. 나의 현재 모습을 인정하는 자세로 아이들을 만나는 교사는 지나친 기대나 닦달도, 또 어떤 당위성으로도 아이들을 힘들게 하지 않는다. 그럴 때 아이들도 비로소 정답에 구애됨 없이 마음 놓고 대답할 수 있으며, 어떠한 과목에서든 정직한 자기표현을 할 수 있게 되므로 바로 이 지점에서 수업은 시작되는 것이다. 그러나 이러한 열린 마음가짐 갖기는 교사의 삶에서 지속적으로 해 나가야 하는 작업이다. 이는 어떤 교과를 가르치기 이전에 선행되어야 하는 것이며, 교과 담임으로서도 학급 담임으로서도 일관되게 견지해야 할 자세일 것이다.

이 글은 국어 교과를 넘어서 표현 교육에 초점을 두어 왔기에 국어 교사만을 위한 글이 될 수는 없다. 이것은 이론이나 지식이 아닌 소통의 문제이다. 따라서 통합 교육의 영역이며, 지극히 범교과적인 동시에 기초 교과라고 할 수 있다. 그러므로 나이의 한계가 있을 수 없고 아이부터 어른까지, 여자에서 남자, 학생에서 교사까지 모두 아우른다. 사람들은 이 세상이 제공하는 온갖 자극에 대하여 제각기 느낌을 갖는다. 그러나 느낌을 표현하지 않으면, 그리고 느낌이 중요하지 않다면 존재도 중요하지 않은 것이다. 스스로 자신이 느낀 감정을 평소에 얼마나 표현하고 사는가? 아니, 표현은커녕 자기 자신을 정직하게 읽어낼 수는 있는가? 여기에 대답을 못한다면 그 사람은 자유롭지 못한 사람이다.

학교를 떠나서 진정한 자기 삶을 살기 시작할 때에는 시험지를 따라간 공부만으로는 부족하다. 자유로운 표현은 무기력한 교육에 생기와 활력을 불어넣어 주고, 학교와 사회 교육의 차이를 줄여 준다. 때문에 이러한 활동은 평생 교육을 지향하는 관점에서 학교 테두리를 넘어 생활 전반에 직결되고 확장되어야 한다. 그런 의미에서 현재보다 나은 내 삶의 주인으로 살겠다는 생각으로 노력하는 사람에게 적으나마 이 책이 도움이 되기를 바랄 뿐이다.

나는 교사로서의 사명감에만 철두철미한 사람은 오히려 교사로서 성공하지 못한다고 본다. 우선 자신부터 한 인간으로서 안팎이 병들지 않고 행복해야 한다. 그래야만 학생들, 나아가 주변 사람들의 삶도 더불어 건강하고 행복하게 할 수 있다고 나는 믿는다. 그러나 나 자신부터 아직도 많은 사람들과 소통의 물꼬를 트지 못하여 어려움을 겪고 있으니, 이 미완의 숙제를 해결하기 위해서라도 마음의 길을 여는 통로를 계속 만들어 가야만 한다.

구체적인 사례를 드는 가운데 우리 아이들은 물론, 주변 사람들의 실명을 그대로 드러내어 혹 마음을 언짢게 하지나 않을까 걱정이 된다. 그러나 적어도 나와 어떤 이름으로든 관계를 맺은 분들은 이해를 해 주리라 믿는다. 왜냐하면 그동안 나 자신이 사람들을 향하여 보여준 관심과 애착 때문에 함께 고민하고, 그 해결을 위해 깊이 동참하여 기쁨을 맛본 분들이기 때문이다.

이 책은 2006년에 나왔던 『애들아, 말해 봐』의 개정판이다. 개정판이라고는 하나 새로운 표지로 옷을 갈아입히고, 그 동안 마음에 걸렸던 부분을 조금 매만졌을 뿐 나머지는 모두 그대로다. 당시 책이 나온 뒤로 나이와 신분, 지위, 성별을 떠난 많은 독자들로부터 '마치 나를 두고 하는 말 같다.'

'내 표현에 무엇이 잘못 되었는지 이제야 알겠다.'는 메아리를 많이 들었다. 특히 '인간관계'와 '소통'이 갈수록 중요한 관심사로 뜨거워지는 마당에 이러한 말하기와 듣기 교육은 참으로 시의적절하며, 표현 교육의 교재로 쓰기에 더없이 좋았다는 현장 교사들의 반응이 국어 교사로서 가장 보람되고 기뻤음을 이 자리를 빌려 고백한다.

오래전 수백 명의 교사들을 단 10분도 안 되어 속내이야기까지 끄집어내어 해방시켜 준 김남선 선생님을 잊을 수 없다. 선생님의 그 솔직함과 자연스러움은 이후 나의 변화에 크나큰 디딤돌과 견인차가 되었기 때문이다.

마지막으로 이 책의 주인공이자 내 인생에 더할 수 없는 아름다움과 행복을 준 우리 학생들에게 깊이 감사하며 이 책을 선사하고 싶다.

· · 2013년 김명희

"명희 선생님, 들어주세요."

"얘들아,
말해 봐."

어떻게 사랑하면 좋은가?

'희로애락애오욕'의 일곱 가지 감정을 일컬어 '칠정(七情)'이라고 한다. 사람이 지닌 감정의 총체를 뜻하는 말이다. 사람이 느끼는 정이 어디 일곱 가지뿐일까만 하고많은 감정 중에 사랑만큼 사람들의 관심을 끄는 것도 드물 것이다. 당대 사람들의 감정을 가장 충실하게 반영하는 대중가요의 속살만 들여다보아도 얼마나 많은 사람들이 사랑에 울고 웃는지 알 수 있으니 말이다. 그런데 그렇게 시도 때도 없이 사람의 마음을 흔들어 놓는 사랑이라는 감정을 제대로 알고 있는 사람이 과연 몇이나 될까?

사랑하고 싶지만 정작 사랑의 실체조차 제대로 알지 못한다는, 이 오래된 역설이야말로 문학과 예술의 영원한 단골 소재이자 여전히 알려지지 않은 미지의 영역인 셈이다. 오죽하면 혹자는 "나는 당신을 사랑합니다."라는 말은 "나는 당신을 오해합니다."라는 말에 다름 아니라고까지 했을까. 그 말을 친절하게 증명이라도 하듯 사랑이라는 이름 아래 주고받는 사람들 간의 오해와 분란 또한 끝이 없다.

사람들은 어떤 사람을 너무 미워하여 이별을 선언하기도 하지만, 때로는 너무 좋아한다는 이유로 헤어지는 경우도 적지 않다. 둘 다 마음이 아프기로는 어느 것이 더하다 못하다 경중을 가리기가 어려울 뿐더러, 미움이 사랑의 또 다른 변주라는 것을 적어도 한 번이라도 경험해 본 사람은 잘 알 것이다.

이 세상 모든 병에는 다 통증이 따르기 마련이다. 지금 배가 심하게 아픈 사람은 배 아픈 게 으뜸이라 할 것이고, 머리가 아픈 사람은 두통이 제일 심한 통증이라고 여길 것이다. 손가락을 베인 사람은 또 그 작은 상처가 얼마나 사람을 아프게 하는지 모를 거라 하고, 이가 아픈 사람은 치통이야말로 세상에서 가장 참기 어려운 통증이라고 입을 모은다. 그럼에도 이 세상 사람들로부터 좀처럼 동정을 받지 못하는 통증이 있으니, 이름하여 바로 '상사병'과 '스토킹'이다.

당사자는 죽을 듯이 아파하는데도 동정은커녕 행복에 겨운 비명이라고 그저 웃어넘기거나 심지어 나도 그렇게 한번 앓아 봤으면 좋겠다고 도리어 부러워하는 아픔이 바로 상사병이다. 그런데 이와 비슷한 병증을 지녔음에도 부러움은커녕 혐오와 기피의 대상이 되는 사람들도 있다. 바로 '스토커'라고 불리는 이들이다. 분명 처음에는 같은 뿌리에서 시작된 감정일 텐데, 왜 어떤 사람은 부러움의 대상이 되고, 또 다른 사람은 혐오의 대상이 되는 것일까?

당사자의 입장에서 보면 사뭇 억울할 수도 있겠지만 아무리 너그러운 시선으로 본다고 해도 스토커가 동정이나 부러움의 대상이 될 수 없는 것만은 분명해 보인다. 메아리 없는 외쪽사랑을 가슴에 품은 것만으로도 죽을 지경일 텐데, 세상 사람들로부터 정신 나간 사람 취급까지 받아야 하다니 세상에 이렇게도 불쌍하고 가여운 사람이 또 있을까.

상사병 환자와 스토커를 누가 만들었는가?

학교에서 가르치고 배우는 것들 중에 우리가 살아가면서 실제로 필요한 것들은 얼마나 될까? 그런 교과목이 있다면 공부 잘하는 아이들이 실제 생활에서도 가장 행복하게 살아야 마땅하겠지만 불행인지 다행인지 그런 일은 일어나지 않는다. 누구도 그런 공부를 한 적이 없으니 말이다.

대신 우리 모두는 사회에 나와서 그야말로 맨땅에 머리 박고, 싸우고, 아파하고, 상처받다가 그 상처가 굳어질 때쯤 되어서야 가까스로 사는 방법을 깨우치고 그만큼의 길을 겨우 더듬어 나갈 뿐이다. '상처는 인생의 보물 지도'라는 말도 있지만 좌충우돌하며 불필요한 감정 소모전을 벌이는 사이 지칠 대로 지쳐 몸은 망가지고 정신 또한 이미 피폐해져 있기 십상이다. 그뿐인가. 방법을 몰라 헤매는 사이 다시 찾을 수 없을 만큼 멀어진 사랑은 또 어쩔 것인가. 지금 알고 있는 걸 조금 더 빨리 알았더라면 좋았을걸 하는 뒤늦은 후회만 가득 품은 채 소중한 인생을 잃어버린 상실감에 우울해 하는 사람들이 적지 않을 것이다.

생각할수록 억울하기 짝이 없지만 그럴 수밖에 없는 것이 도무지 우리가 언제 가정에서, 또 학교에서 사람을 사랑하는 방법을 배운 적이 있었던가? 또 제대로 싸우거나 감사하는 방법, 칭찬하거나 사과하는 방법, 화내는 방법이나 기뻐할 줄 아는 방법, 억울함을 표현하는 방법 등에 관하여 제대로 배운 적이 있던가 묻지 않을 수 없다.

사실 우리의 삶은 거의 이런 것들로 채워져 있지 않은가? 그런데 왜 우리의 부모님과 선생님들은 싸우고 사랑하고 소통하는 방법을 일러 주지 않았을까? 사람은 사회적 동물이라고 하면서 말이다. 우리가 배운 것은 고작 '싸우면 안 된다!'는 말뿐이다. 사회란 결국 사람들이 모여 사는 동네이고, 모여서 함께 살아가다 보면 싸우고 미워하고 사랑하는 건 어찌 보면 당연지사인데, 그런 경우에 어떻게 해야 아름답고 건강한 사회를 만들어 갈 수 있는지를 가르쳤어야 하지 않는가? 갈등이 나쁜 게 아니고 갈등을 어떻게 극복하느냐가 중요한 것이기 때문이다.

마찬가지로 사랑하는 방법에 대해서 우리는 참으로 무지하고 서툴다. 사람에 대한 사랑이든 자연 사랑, 동물 사랑, 나라 사랑, 물건 사랑이든 어떻게 사랑하면 좋은지 그 방법을 모르는 경우가 많다. 그저 안다는 게 무작정 소유해서 내 것으로 만들거나 내 식대로 사랑하는 것뿐이다. 그러다 보면 내 의도와는 전혀 다른 일들이 벌어지곤 한다. 나는 그 사람을 사랑했는데 상대는 죽을 만치 곤죽이 되어 있거나 사경을 헤매는 지경에까지 이르게 되는 것이다. 사랑하는데, 내가 사랑한다는데 상대는 왜 죽겠다고 비명을 지르는가?

이제는 그 아이의 이름을 말할 수 있다

한 아이가 있었다. 그 아이는 담임 선생님을 무척 좋아했다. 처음에는 여느 다른 아이들처럼 선생님 책상 위에 꽃을 가져다 놓거나 예쁜 책상보와 방석을 깔아 놓거나, 때로는 사탕이나 초콜릿을 살며시 갖다 놓는 것으로 시작되었다. 그 아이가 누구인지 특별히 알려고 하지 않았던 선생님은 나중에 다른 아이들이 해 주는 말로 짐작만 하고 있었을 뿐 따로 아이에게 아는 체를 하지는 않았다. 그런데 어느 날부터인지 서서히 그 아이가 선생님의 눈을 비껴가는 행동을 하기 시작했다. 흙 묻은 실외화를 신고 금방 청소해 놓은 교실을 저벅저벅 걸어 다니기도 하고, 교탁에 올려놓은 선생님의 교무 수첩을 예사로 들춰 보거나 수업 시간에도 거의 눕다시피 온몸을 옆으로 길게 뻗치고 앉아 있기 일쑤였다. 때로는 교과서 대신 만화책을 들고는 선생님 눈앞에서 살랑살랑 흔들기도 했다. 선생님은 다소 성가시기는 했으나 짧은 주의만 주었을 뿐 크게 개의치 않았다. 메아리가 없으면 저러다 말겠지 싶어서.

그러나 상황은 그리 간단히 끝나지 않았다. 갈수록 아이의 언동은 수업 방해는 물론이요, 다른 아이들을 돌볼 여유가 없도록 선생님을 고통스럽고 피로하게 만들었다. 선생님이 교무실에 혼자 있을 때만 골라서 들어와 "왜 나만 미워하느냐."고 소리치며 책상을 번쩍 들었다 놓아 선생님을 질겁하게 만들기도 하고, 참을 수 없어 밖으로 나가려고 하면 "못 가요!" 하며 두 팔을 벌려 문을 가로막기도 했다.

더 이상 이대로는 안 되겠다고 생각한 선생님은 어느 날 온갖 회유와 설득으로 가득 찬 글을 카드에 쓴 다음 그 아이에게 전했다. 그런데 다음 날 아이가 교무실로 와서는 그 예쁜 카드를 책상 위로 힘껏 내동댕이쳤다.

"이거 가져가요! 순 거짓말!"

"왜 그러니? 이건 내가 너에게 준 편지니 네가 주인이야. 그러니 버려도 네가 버려."

"필요 없어요. 전부 다 거짓말이야, 씨."

아이를 달래고자 좋은 점만 들어 칭찬을 한 그 글이 오히려 역효과를 가져왔는지 아이는 모욕이라도 당한 듯 길길이 뛰며 화를 냈다. 그리곤 그날부터 한밤중에 집으로 전화해서 "왜 나만 미워해요?"라며 거칠게 폭언을 해 대었다. 밤마다 시달리던 선생님은 전화 코드를 빼 놓고 현관문과 창문을 잠그고 커튼까지 몇 번이고 단속한 뒤에도 잠을 이루지 못할 때가 많았고, 작은 소리에도 가슴이 덜컥 내려앉거나 깜짝깜짝 놀라기 시작했다. 급기야 정신과를 기웃거릴 지경이 된 것이다. 결국 선생님은 학교 측에 그간의 이야기를 하며 학생을 전학시킬 것을 강력히 요청하였다. 하지만 아무도 사태의 심각성에 공감하지 않았다. 다른 선생님들께는 더없이 온순한 아이였기에 모두들 대수롭지 않게 여긴 것이다.

"아, 좋다는데 뭘 그래요?"

"그럼 제가 학교를 떠나겠습니다."

참다못한 선생님이 결국 이런 선언을 하기에 이르자 학교 측에서는 급히 회의를 열어 그 학생을 다른 반으로 옮기는 것으로 마무리를 지었다. 하지만 그것으로 일단락된 줄 알았던 사건은 그때부터가 진짜 시작이었다. 직원회의에서 그 학생을 불가피한 사정으로 옆 반으로 옮긴다는 교감 선생님의 말씀을 듣는 순간, 담임 선생님은 자신이 지금껏 지녀온 긍지 높은 교사로서의 명예가 곤두박질치는 듯한 치욕스러움에 몸서리를 쳤으며 자신에게 이런 결정을 내리게 한 그 아이를 본격적으로 증오하기에 이른 것이다.

그 사건 이후 아이는 선생님이 출퇴근하는 모습을 학교 옥상에서 하염없이 내려다보거나, 수업을 끝내고 나올 때는 복도 저 끝에서 눈빛을 빛내며 선생님을 자주 응시하는 습관이 생겼다. 선생님은 선생님대로 교사로서의 자긍심에 씻을 길 없는 불명예를 안겨 주었다는 사실 때문에 그 아이의 그림자만 보여도 진저리를 치고는 했다. 유일하게 끝까지 부를 수 있는 노래 〈메기의 추억〉 가사에 그 아이의 이름이 들어 있다는 이유로 두 번 다시 그 노래를 입에 올리지 않았을 뿐만 아니라 다른 사람에게도 못 부르게 할 정도였으니, 단순히 싫은 감정을 넘어선 것이었다. 그 후 두 사람이 서로 침묵의 긴 평행선을 긋는 가운데 그 아이는 졸업을 했고, 이젠 더 이상 그 아이를 보지 않아도 된다는 생각에 선생님은 속으로 만세를 불렀다.

그렇게 7년의 세월이 흘렀다.
어느 해 뜨거웠던 여름, 전국을 달군 전교조 사태로 학교를 떠나 잠시 다른 곳에서 근무를 하게 된 선생님은 아이들이 사무치게 그리웠다. 그러다 문득 오랫동안 잊고 있던 그 아이를 떠올리고는 자신이 그때 아이에게 얼마나 못된 짓을 저질렀는지를 뒤늦게 깨닫고 날마다 회한에 시달리며 화해를 꿈꾸었다. 그 소망이 아이에게로 전해졌는지 그 후 어른이 되어 사무실 문턱을 들어서는 그 아이를 본 순간, 선생님은 온몸이 굳어서 입을 벌린 채 아무 말도 할 수가 없었다.
오랜 침묵을 사이에 두고 정적과도 같은 시간이 흐른 끝에 두 사람은 거의 동시에 입을 열었다.
"내가 잘못했다. 네 마음을 알아주지 못해서!"
"선생님, 제가 잘못했어요. 그렇게 해서는 안 됐는데, 몰랐어요. 어떻게 해야 좋을지 그때는 몰라서 그랬어요!"

놀랍게도 두 사람은 매우 조용했고, 상대방을 수용하는 너그러운 자세를 보였으며, 동시에 두 사람 모두 서로 만남의 기회를 갖기를 몹시 고대하고 있었다는 사실을 알게 되었다. 최근에는 부쩍 더 만남을 당기고자 애쓴 마음마저 같았다는 그 일치감에 둘은 서로 손을 맞잡은 채 오래 울었다.

전에는 서로가 자신을 피해자라고만 생각했는데 지금은 서로가 다 가해자였음을 깨달은 것이다. 왜 그 간단한 마음 하나 제대로 전하지 못해 오랜 시간 동안 감정을 소모하며 스스로와 상대를 괴롭혔을까? 재회로 인해 7년 전의 오해는 풀 수 있었지만 그 흉터는 여전히 남아 있다. 마음 깊은 곳에 새겨진 상흔은 아무리 오랜 시간이 흐르고 화해를 했다 하더라도 영원히 쓰라린 아픔으로 남아 있을 것 같다. 사람을 사랑하고 건강하게 표현하는 방법, 그리고 사랑을 받아들이는 방법을 우리는 둘 다 몰랐던 것이다. 나는 이제 그 아이의 이름을 말할 수도 있고, 〈메기의 추억〉도 부를 수 있다. 그 아이의 이름은 장 · 미 · 화이다.

목숨을 살리는 표현 교육

학생과 선생님, 즉 미화와 나와의 이런 살인적인 관계는 단지 우리에게서만 끝난 것이 아니라 지금 이 순간에도 어쩌면 사회 곳곳에서 일어나고 있을 것이다. 내 식대로 사랑을 강요하는 것이야말로 상대방을 죽이는 일인 것을 모르고서 말이다. 이런 일이 어디 사랑뿐이겠는가? 기쁨이나 분노, 즐거움, 실망, 두려움, 공포, 미움, 질투, 외로움, 존경, 욕심 등 칠정에서 벋어 나온 숱한 인간의 감정들을 나 역시 '어떻게' 드러내고 '어떻게' 흘려보내야 할지를 몰랐으니 당연히 학생들에게도 가르칠 수 없었다.

예전에 공부를 한다는 것은 이와 같지 않았다. 어떻게 살아가야 하는가에 대한 질문이자 동시에 그 답을 찾아가는 과정이었다. 하지만 지금은 사정이 다르다. 대안 교육에서는 '마음공부'라는 과목이 시간표에도 들어가는 걸 보았으나 공교육에서는 지식 위주의 기술 교육만이 존재할 뿐이다.

7년 전의 실수를 통해 얻은 깨달음은 개인적인 성찰을 넘어 교사로서의 삶에도 큰 전환점이 되어 주었다. 5년간의 공백 끝에 다시 돌아온 학교에서 나는 늦었지만, 그래도 더 늦은 것보다는 지금이 가장 빠르다는 말에 힘입어 이전의 교육 방법에서 벗어나 전폭적인 전향을 하기로 결심했다. 표현 교육의 중요성을 절감하고, 이를 실천하기로 한 것이다. 초·중등, 담임·비담임 구분 없이, 또 교과의 구분을 넘어 모든 수업 속에서 인간의 감정들이 자연스레 녹아드는 활동이 필요하다고 판단했기 때문이다.

이 작업은 새 학기가 시작되는 3월을 출발점으로 하여 학년을 마무리하는 날까지 교사와 학생 사이에 같은 인간으로서 동등하고도 존엄하게 이루어져야 한다. 의사들만이 사람의 생명을 살리는 것은 아니다. 정신적으로, 또 정서적으로 아이들의 생명을 지키고 키우는 일은 당연히 교사인 우리들의 몫이라 여기는 까닭이다.

내 느낌의 정체를
알고 싶다!

감정 표현을 위한 낱말들

살아가면서 참으로 불편한 것이 내 마음 나도 모를 때이다. 내 감정의 정체를 알지 못하면 자연히 머뭇거리게 되고 자기주장을 선명하게 하지 못하므로 말과 행동이 어눌하고 답답해지기 마련이다.

적절한 이름이나 명칭은 대체로 불확실한 것을 확실하게, 불투명한 것을 투명하게 만들어 준다. 감정 그 자체에는 좋고 나쁜 것이 있을 수 없다. 하지만 자신의 마음과 감정을 정확히 읽어 내는 일, 이를테면 '내가 지금 사랑하고 있구나, 성이 나 있구나, 질투하고 있구나, 외로워하고 있구나, 두려워하고 있구나, 미워하고 있구나.' 등 자기 감정이 지금 어떠한지를 투명하고 정확하게 알고, 더욱이 적절한 단어로 드러낼 수 있는 사람은 자신이 취해야 할 다음 행동 또한 정확하게 알고 있는 경우가 많다.

그래서 3월 새 학기가 시작되는 첫날, 앞으로 전개될 자유로운 수업을 위하여 자기감정의 상태부터 알아내고 적절한 말로 드러낼 수 있도록 다음 단어들을 제시하며 포문을 열어본다.

◎ 밝고 긍정적인 감정

좋다	놀랍다	상쾌하다	따사롭다
기쁘다	후련하다	안심되다	재미있다
즐겁다	싱그럽다	편안하다	사랑스럽다
괜찮다	깨끗하다	감미롭다	자랑스럽다
설레다	상큼하다	달콤하다	만족스럽다
반갑다	짜릿하다	흡족하다	영광스럽다
빛나다	산뜻하다	자유롭다	신바람 나다
신나다	뿌듯하다	평화롭다	든든하다
새롭다	흐뭇하다	행복하다	믿음직하다
흥겹다	시원하다	뭉클하다	
그립다	유쾌하다	따스하다	

◎ 어둡고 부정적인 감정

우울하다	측은하다	쓰라리다	슬프다
울적하다	서글프다	안타깝다	싸하다
불쌍하다	처량하다	밉다	안되다
지겹다	비참하다	싫다	굴욕스럽다
적막하다	암담하다	억울하다	고통스럽다

외롭다	참담하다	속상하다	원망스럽다
애처롭다	불안하다	불쾌하다	불만스럽다
허전하다	초조하다	싫증 나다	역겹다
삭막하다	답답하다	권태롭다	염증 나다
쓸쓸하다	갑갑하다	지루하다	구역질 나다
공허하다	서운하다	따분하다	가슴 아프다
서늘하다	섭섭하다	심드렁하다	약 오르다
서럽다	꽤씸하다	한스럽다	숨 막히다
가엾다	답답하다	혐오스럽다	억울하다
언짢다	떨리다	절망스럽다	섬뜩하다
아쉽다	두렵다	유감스럽다	무섭다
거북하다	화나다	환멸스럽다	소름끼치다
불행하다	귀찮다	경멸스럽다	
짜증 나다	겁나다	치욕스럽다	
미어지다	분하다	당혹스럽다	

지금 내 느낌을 내가 알고 있는가?

이별과 만남이 교차되는 3월의 교실은 여러모로 흥분되는 동시에 막연한 두려움과 기대로 인해 사뭇 팽팽한 긴장감까지 감돈다. 이럴 때에 다짜고짜 질문을 던졌다.

"여러분, 지금 기분이 어때요?"

"좋아요."

"싫어요."

"좋은 사람은 왜 좋지요?"

"그냥요."

"그럼, 싫은 사람은 왜 싫죠?"

"하여튼간에요."

아이들에게 기분을 물으면 대체로 좋다거나 싫다는 이 두 종류에서 크게 벗어나지 않고, 그 감정의 근거 또한 단조롭기 짝이 없다. 그래서 위 단어들이 쓰인 종이를 나누어 주며 자기가 가장 많이 쓰는 단어에 동그라미를 한번 쳐 보라고 했더니, 밝고 긍정적인 단어에 비해 어둡고 부정적인 단어가 거의 두 배나 많이 나온다. 부정적인 단어들을 열거하기가 쉬웠듯이 아이들도 자주 사용하는 단어는 대체로 아래쪽인가 보다. 부정적인 쪽에 시커멓게 동그라미를 치는 아이들이 더 많으니 말이다. 어쩌면 좋고 즐거운 것은 당연하다는 듯 누리며 지나가는 데 비해 싫고 불쾌한 것들은 가슴속에 더 오래 남기 때문인 듯싶다.

부정적인 말은 주로 어떻게 표현하는가 물었더니 아이들은 '싫다'라는 단어 이외에 '신경질 나요, 죽겠어요, 미치겠어요, 성질나요, 열받아요, 골 때려요, 짱나요, 돌겠어요, 환장해요, 이 갈려요, 재수 없어요, 뚜껑 열려요' 하며 신나게 열거한다. 좀체 위에 열거한 것과 같은 다양한 단어를 말하지 않고, 사실 알고 있지도 않은 형편이다. 부정적인 감정 자체를 문제 삼을 수는 없다. 단지 그 감정 상태를 어떻게 표현하고 그에 따라 본인의 마음을 어떤 방향으로 정돈하고 만들어 가느냐가 중요한 것이다. 열심히 동그라미를 치던 한 아이가 물었다.

"선생님, '권태롭다'가 어떤 거예요?"

"응, 그건 '지루하다, 심심하다, 따분하다, 싫증 나다'가 다 합쳐진 뜻이야."

이렇게 실컷 가르쳐 놓았더니 어느 날엔 수업 중에 어떤 아이가 "선생님, 이런 재미없는 거만 배우니까 권태로워요. 다른 거 재미있는 거 해요."라고 해 그 자리에서 바로 칭찬을 해 주었다.

"아, 태용이 훌륭하다. 지금 자기 마음 상태가 어떤 건지 잘 알아내 적절하게 표현했구나."

그 후 교과 시간이나 조·종례를 이용해 틈만 나면 느낌 키우기를 하여 자신의 상태를 점검하고 투명하게 밝히는 훈련을 하기로 마음먹었다.

3월 한 달은 거의 매일같이 앞서 제시했던 여러 가지 감정 표현의 단어들을 사용해 다양하게 자기 느낌을 드러내 보도록 하였다.

"자, 오늘의 '짱'(기분 좋았던 일)을 말해 볼까? 나부터 할게. 음, 나는 오늘 식당 앞에서 꽃마리라는 들꽃을 올해 처음으로 봐서 몹시 기뻤어."

"저는 아침에 담임 선생님께서 제 이름을 불러 주었을 때 기분이 날아갈 듯했어요."

"그럼 오늘의 '꽝'(기분 나빴던 일)은?"

"청소 시간에 밀대를 빨아 오다가 미끄러져서 넘어졌는데 치마가 뒤집혀서 부끄러웠어요."

"좋아, 그럼 어떨 때면 항상 기분이 좋아지지? 느낌이 꼭 한 가지만 있는 건 아니니까 해당되는 걸 다 말해 봐. 난 나뭇잎 타는 냄새만 맡고 있으면 달콤해지고 마음이 설렌단다. 너희들은?"

"저는 노력한 만큼 성적이 나올 때면 언제나 흐뭇하고 짜릿해요."

"저는 마음 맞는 친구와 시간 가는 줄 모르고 이야기 나눌 때면 언제나 편안하고 든든해요."

"그럼 반대로 어떨 때면 항상 기분이 나빠지지?"

"저는 교과서만 보면 가슴이 무겁고 슬퍼져요."

"TV 드라마에서 누군가를 너무나 사랑해 그 사람을 내 것으로 만들려는데, 그것이 너무 지나쳐 오히려 스토커가 되어 버린 사람을 보았을 때 가슴이 쓰라리고 불쌍하고 안됐어요."

자기표현은 공격 행위가 아니다

몇 주가 흐른 뒤 어느 학생이 쪽지를 내 책상 위에 살며시 올려놓고 갔다.

> 저는 1학년 4반 김지선이라고 하는데요. 5월 12일인가? 그때쯤 되면 중간고사 치잖아요? 그런데요, 우리가 수업을 진도대로 안 나가고 이거저거 한데 묶어서 순서 없이 하잖아요. 그리고 책에도 없는 거 하면서 공부도 안 하잖아요. 그럼 시험은 어떻게 봐요? 이 말 물어보고 싶어서 썼습니다. 안녕히 계세요.

가만히 보니 이런 궁금증을 가지고 있는 아이가 비단 이 학생만이 아닐 것 같아 아예 교실에 가서 쪽지를 읽어 주고는 이게 왜 궁금한지 물어보았다. 그랬더니 이런 말들이 쏟아져 나왔다.

"다른 학교도 같이 시험 볼 거잖아요?"

"시험 기간이 같을 수도 있고 다를 수도 있겠지. 그런데 다른 학교가 왜 중요하지?"

"다른 학교는 순서대로 배우는데 우리만 안 배운 거 나오면 성적이 안 좋잖아요."

"시험 문제를 누가 내는데?"

"교육청이요."

'아니 이게 무슨 소린가? 교육청이 시험 출제를 하다니?'

아, 그제야 알았다! 아이들은 초등학교에서 전 학교가 일제 고사를 치니 중학교도 초등학교처럼 다 같이 시험을 보는 줄 알았던 것이다. 그래서 선생님 멋대로의 진도가 사뭇 걱정되었던 것이다. 교육청이 아니라 내가 시험 문제를 낸다고 하니 모두들 눈이 휘둥그레졌다.

"네에, 선생님이요?"

"원 세상에! 선생님이 그렇게 수업을 하는 동안 그래, 너희들은 마음이 어땠니?"

"불안했어요."

"걱정됐잖아요."

"궁금했어요."

"이상했어요."

"화가 났어요."

아, 이런 마음 상태를 속으로만 가지고 있지 않고 용감하게 물어 준 지선이가 얼마나 훌륭한가. 바로 그렇게 불안한 자기 마음을 잘 파악했기 때문에 행동으로 옮기게 되었고, 그 결과 문제를 빨리 해결하여 본래의 평온한 일상으로 돌아갈 수 있지 않았나.

그 일로 칭찬을 받고 안도감을 느낀 아이들은 그다음부터 궁금한 것이 생기면 곧잘 물어보았다. 또 전에는 교과서에 없는 질문을 하며 '너는 어떻게 생각하니?' '왜 그렇게 생각하지?' 하고 물으면 머뭇거리는 아이들이 많았는데, 지금은 자기 생각을 이렇게든 저렇게든 대답하는 편이다. 적어도 '모르겠어요.' '생각 안 해 봤어요.'라는 정도의 대답은 모두가 할 줄 알게 된 것이다.

"지금은 선생님이 질문하면 마음이 어때요?"

"이젠 겁이 안 나요."

"어째서지?"

"모르면 모른다고 하면 되고, 겁나면 겁난다고 하면 되고, 황당하면 황당하다고 대답하면 되니까요."

그렇다. 이는 바로 자기 마음을 솔직하게 읽어 내고 파악했다는 뜻이 아닌가. 자기 느낌의 정체를 안다는 것은 이처럼 행동을 명확하게 하고, 적어도 문제를 피하거나 두려워하지 않도록 우리를 돕는다. 복잡하고 미묘한 감정들이 섞여 안개 속같이 불투명한 자신의 속내를 스스로 잘 읽어 내어 솔직히 인정할 때 비로소 자기감정의 정체가 보이는 법이고, 이러한 투명함은 바로 명쾌한 행동으로 이어져 당당함과 활기를 되찾게 해 준다. 결국 자기를 알고 표현할 줄 아는 행위는 상대방에게 우호적이며 부담을 주지 않는 적극적인 기술이요 능력이지, 결코 무례하거나 공격적인 행위가 아닌 것이다.

사실대로 말하면
되는 것을

다른 사람과 이야기를 나누는 행위는 사람이 살아가면서 하는 일 가운데 가장 중요한 것 중 하나이다. 말하기의 어려움, 혹은 우리가 표현 교육을 배워야 하는 이유도 바로 거기에 있다. 언어 장애자도 아닌데 말하고 듣는 일이 뭐 그리 어려운가라고 생각할 수도 있겠지만 제대로 말을 한다는 것은 생각보다 쉽지 않다.

살아가면서 숱하게 해야만 하고 할 수밖에 없는 설명하기, 질문하기, 부탁하고 요청하기, 위로하고 격려하기, 축하하기, 선언하기, 사과하기, 칭찬하기, 권유하기, 제안하기, 질문하기, 감사하기, 화해하기, 용서하기, 주장하기, 거절하기, 고백하기, 환영하기, 반응하기, 비난하기, 설득하기, 호소하기, 비평에 대처하기, 갈등 다루기, 자신을 옹호하기 등 우리네 인생살이의 면면을 살펴보면 사실 대부분 이런 말하기의 과정으로 채워져 있다. 그런데 늘 일상 속에서 쓰고 있는 이 말들을 적재적소에 사용하여 인간관계를 살지게 하는 노력을 우리는 얼마나 하고 있는가. 의외로 많은 사람들이 어렵다고 호소하는 이 말하기의 대부분이 실은 '진심을 담아서, 솔직하게, 사실대로' 말하면 되는 것이라는 사실은 놀랍기까지 하다.

차가 없는 임 선생님은 퇴근길에 늘 걸어서 교문을 내려온다. 그래서 지나가는 선생님들이 자꾸만 타라고 권하는데, 괜찮다고 사양을 해도 막무가내로 타라고 하니 귀찮다고 하소연한다. 차를 태워 준다는데 왜 타지 않느냐고 하자, "저는 걷는 것이 더 좋거든요." 한다.
이런 경우, 거절하면 상대방이 무안해 할까 싶어서 "괜찮아요. 저기 가게에서 뭐 좀 살 게 있거든요." 혹은 "신발이 더러워서 차를 더럽힐 것 같아서."라고 자꾸 돌려 말하면 상대는 그를 배려하는 마음에서 "가게 앞에서 내려줄게요." "오늘 세차할 거니까 더러워져도 괜찮아요."라고 할 수도 있다. 그러면 또다시 거짓 핑계를 대야 하니 옥신각신하다가 시간만 지연될 뿐이다.
"그럼 다음에는 '싫다.'라고 한번 말해 보세요."
그러자 다음에 만난 임 선생 왈, "선생님, 선생님 말씀대로 '싫어요, 저는 걸어가는 게 더 좋아요!'라고 말했더니 진짜로 금방 가던데요. 신기했어요!"라고 한다.

자신의 의사를 분명히 표현하는 것이 때로 얼마나 상대방의 부담을 덜어 주는지 잘 모르는 사람들이 뜻밖에 많다. 착해서, 더러는 상대방에게 폐를 끼칠까 봐, 혹은 미안해서 말을 돌려서 하거나 침묵하고 있으면 상대방은 자기 마음대로 해석하고 잘못 판단하기가 쉽다.

특히 아이들의 경우 모르는 것을 모른다, 생각 안 해 봤으면 안 해 봤다, 잘 못 들었으면 못 들었다는 말 한마디를 솔직하게 하기까지 놀랍게도 몇 달은 걸린다. 조금 과장하면 1년은 족히 걸린다. 뭐든 정답을 말해야 한다고 생각하고, 또 정답이 아닐까 봐 두려워하는 것이다.

오늘도 세희는 묻는 말에 모기 소리를 내며 입만 오물거리고 있다. 늘 보던 익숙한 풍경인데도 오늘은 참을성 있게 입 모양만으로 뜻을 알아낼 만큼 관대한 기분이 아니다. 그러자 세희는 입을 오물거리는 것도 멈추고 이제는 아예 침묵으로 일관하고 있다. 대답을 하지 않으면 자리에 앉도록 좀처럼 허락하지 않는 선생님을 잘 아는 아이들은 연신 하품을 하며 지루해 하고, 세희는 여전히 꿀 먹은 벙어리다. 그렇게 하염없이 시간만 흘려보내다가 수업이 끝날 때가 다 되어 할 수 없이 세희 곁으로 다가가니 그제야 들릴락 말락 모기만 한 소리로 뭐라 속삭인다. 귀를 바짝 갖다 댔지만 그도 소용이 없어 입 모양으로 겨우 알아들은 말은 이게 전부였다.

"느낀 거는 있는데 죽어도 말을 못 하겠어요."

"휴, 애들아! 세희가 느낀 건 있는데 말을 못 하겠단다. 됐어, 그렇게 사실대로 말했으니까 이제 앉아도 돼. 대답 잘했어요!"

그제야 "휴우--" 하며 교실 전체가 안도의 숨을 쉬었다.

나라는 생글생글 잘 웃는 여학생이다. 그래서 얼핏 예쁠 것 같지만 꾸중을 들을 때나 벌을 설 때도 분별없이 웃는 게 문제다. 그날도 아이들이 열댓 명이나 과제를 안 해 와서 교실 뒤에 죽 세워 놓고는 일장 훈계를 하고 있는데, 나라가 연신 하얗게 이를 드러내며 옆의 아이와 소곤대고 있지 않은가. 불편한 심기를 더 이상 참을 수가 없어서, "나라야, 너희들이 이렇게 많이 숙제를 안 해 와서 나는 화가 나서 꾸중하고 있는데, 너는 마치 아무 일도 없다는 듯이 웃고 있구나. 조금도 뉘우치지 않고 선생님을 무시하는 듯해서 더 화가 난다. 대체 왜 그렇게 웃는 거니?"라고 물어보았지만 나라는 아무런 대답도 하지 않고 예의 그 방긋방긋 웃음 띤 얼굴로 나를 빤히 쳐다보고만 있다.

"나라야, 상대방이 화가 나 있을 때 웃으면 상대를 모욕하는 거야. 기분 나쁘고 무안하잖아. 그리고 무엇보다 선생님이 너희를 꾸중하는 보람이 없잖니, 응?"

이렇게 말하기는 했지만 사실 나라는 그때까지만 해도 뭐가 문제인지조차 잘 모르는 눈치였다. 그 후로도 2년간이나 이런 습관을 못 바꾸고 선생님과 불편한 관계를 지속하던 나라가 변한 것은 3년째 되는 해였다. 언제부터인지 심각한 시간이나 훈화하는 선생님 앞에서 더 이상 웃지 않는 나라를 발견하고는 "고맙다!"고 했더니, "선생님께서 말씀해 주시기 전에는 제가 그런 줄 몰랐는데요, 그다음부터 제 모습을 잘 보니까 진짜로 아무 때나 막 웃데요. 그래서 상대방이 얼마나 기분이 나빴을까 생각하게 됐는데, 선생님께서 1학년 때부터 그렇게 사실대로 말씀해 주셔서 감사합니다."라고 제대로 된 인사말까지 덧붙여 얼마나 기특하고 고마웠는지 모른다.

생활 속에서 우리를 불편하게 하는 일 중에는 사실대로 솔직하게 말하면 해결될 수 있는 것들이 의외로 많다. 솔직하게 말하면 될 것을, 왜 하고 싶은 말을 하지 못하고 끙끙대며 하지 않아도 되는 속앓이를 하는 걸까? 이는 잘못 말해서 틀리면 어쩌나, 말하고 나서 상대방이 화를 내면 어쩌나, 나를 싫어하면 어쩌나, 상처를 주는 건 아닐까, 폐가 되는 건 아닐까 등을 지레 걱정하기 때문이다.

'지나친 겸손은 예가 아니다'라는 말처럼 지나친 배려 또한 상대방을 도리어 불편하게 만들기 쉽다. 이런 태도는 일을 풀어가는 데 그다지 도움이 되지 못할 뿐더러 때로는 관계를 지속해 나가는 데 걸림돌이 되기도 한다. 말을 솔직하게 하지 않았을 경우 상대방은 끝내 자기가 무슨 짓을 저질렀는지, 또 자기가 한 말에 누군가가 크게 상처 입었다는 사실조차 모를 수 있다. 따라서 다른 사람에게 반복해서 같은 실수를 저지르게 된다는 것이 가장 큰 문제다. 이럴 때 당사자는 야속하거나 불편한 심정을 마냥 참고 있을 것이 아니라 사실을 밝히고, 묻고, 풀어야 한다. 갈등이나 충돌이 두려운가? 그래서 참거나 감추고 있으면 해결이 되는가? 그것 역시 어떻게 극복해 가느냐가 중요한 것이지 대립 그 자체가 나쁜 것은 아니다. 어차피 인생살이가 나와 같지 않은 사람들과 어울려 살아가야 하는 것이라면 갈등과 충돌 역시 피할 수 없는 삶의 한 과정이기 때문이다.

창자를 꺼내 보이듯이 솔직하게

한 학년을 맡으면 신입생부터 졸업할 때까지 3년을 데리고 올라가는 것을 원칙으로 하는 나에게, 더구나 한 학년이라고 해 봐야 50명밖에 되지 않는 조그만 시골 학교에서라면 그 끈끈한 사랑은 이루다 말할 수 없을 정도이다. 등나무 아래에서 책을 낭독하고, 학교 뒷산에 배 깔고 엎드려 좋아하는 시를 베끼고, 주워 온 낙엽을 코팅하여 그해의 책갈피를 만들고, 단옷날에 쑥 뜯어 와 함께 떡을 해 먹고, 학교 주위의 들과 산으로 다니며 관찰한 들꽃을 묘사하고, 노래와 역할극으로 독서감상문을 발표하고, 책걸상을 모조리 교실 뒤로 밀어놓고 바닥에 둥글게 모여 앉아 신문을 보며 3년이라는 시간을 한 몸이나 다름없이 지내던 아이들과 헤어져야 한다고 생각하니 너무 슬퍼서 졸업식 날은 아침부터 몹시 우울했었다.

그래도 마지막 인사는 해야겠기에 식이 끝나고 아이들이 나오기만을 기다리고 있는데 3학년 담임들이 모두 교무실에 앉아 있는 모습이 눈에 들어왔다.

'으응? 그럼 종례도 다 끝났다는 말인데 어째서 아이들이 한 명도 나오지 않을까.'

이상해서 운동장에 나가 보니 어느새 아이들도 손님들도 아무도 없이 깨끗하다. 믿을 수가 없어서 담임들에게 물어보았더니 종례는 벌써 끝났고 아이들도 모두 돌아갔다는 것이다. 그래도 여전히 믿을 수가 없어서 교직원 회식에도 빠지고 교무실에 남아서 아이들을 기다렸다. 하지만 1시간 남짓 텅 빈 교무실에서 홀로 아이들을 기다리던 나는 믿고 싶지 않은 현실에 결국 울음을 터뜨렸고, 나중에는 거의 통곡을 할 지경이 되고 말았다.

아이들이 이럴 수가 있는가? 운동장으로 나갔다가 교무실로 들어왔다 하기를 몇 번이고 되풀이하다가 이윽고 아이들도 회식도 다 포기하고 학교를 나왔지만 갓길에 차를 세우고 또 한참을 울고 말았다. 3년을 한 몸처럼 움직이며 서로 사랑했다고 믿었는데, 나의 전부를 바쳤는데 단 한 명도 내게 "안녕"이라는 인사 한마디 없이 가 버리다니……. 몸이 오싹 추워지면서 뱃속에 커다란 구멍이 뚫린 것처럼 허전하고 외롭고 슬펐다. 그날 나는 집에 가기까지 두 번이나 더 차를 세워야 했고, 집에 도착해서도 울음을 그칠 수가 없었다. 심지어 다음 날에는 학교를 결근한 채 앓아눕기까지 했다. 너무 상심한 나머지 학교도 아이들도 다 포기하고만 싶었다. 그런데 그렇게 종일토록 끙끙 앓다가 문득 어쩌면 아이들은 내가 이러고 있는 줄도 모르고 있겠다는 생각이 들어 망설임 끝에 한 아이 집에 전화를 걸기로 했다.

"지해야, 너희들 어제 졸업식 끝나고 내게 인사도 없이 돌아갔지? 내가 얼마나 슬펐는지 지금 학교도 못 가고 누워 있다. 이놈들아! 나를 울리고, 너희들이 정말 그럴 수 있냐!"

"어머나 선생님, 죄송해요. 인사하려고 했는데 후배들이 밀가루하고 계란을 옷에 얼마나 뿌리는지 무서워서 도망치느라고 그랬어요. 정말 죄송해요, 선생니-임!"

뭐야, 겨우 밀가루 때문에 그냥 갔다고? 갑자기 너무나 시시하고도 합당한 이유 때문에 내 눈물이 싱거워졌다. 그러고 보니 졸업식 날 운동장에 온통 밀가루가 하얗게 뿌려지고 교복이 엉망이 된 채 비명을 지르며 이리저리 도망 다니는 아이들이 많았었다. 비로소 명쾌하게 이해가 된 나는 지난 이틀간의 속앓이가 단박에 사라진 것은 물론, 마음이 한결 가벼워지고 기운이 났다. 그래서 다음 날 언제 그랬냐는 얼굴로 다시 학교에 가니 엊그제 졸업한 아이들 중 네 명이 목을 늘어뜨리고 교무실에 와서 기다리고 있는 게 아닌가. 반갑고 미워서 노려보았더니, "선생님 전화 받고 애들한테 알려서 지금 왔어요. 정말 죄송합니다. 그날은 선생님께서 기다리신다는 생각도 못

하고 부랴부랴 피해서 집으로 바로 왔더랬어요. 잘못했어요."라며 애교스럽게 사과의 말을 전한다.

이미 용서해 버렸는데 뭐. 그러나 애들 식대로 말하자면 쪽팔리지만 울먹거리면서 전화를 한 것은 지금도 잘했다는 생각이 든다. 아이들의 몰인정함과 부도덕함에 대하여 그때 서운했던 내 마음을 전하지 않았더라면 아이들은 영원히 몰랐을 것이고, 그래서 훗날 똑같이 또 다른 사람의 마음을 아프게 하거나 혹은 자신이 그 대상이 될지도 모를 일이었으니 말이다.

구체적으로 명확하게

4교시에 수업을 끝내고 계단을 내려오는데 소현이가 쪼르르 따라 내려오면서 말한다.

"선생님, 지금 4반 수업하고 나오셨어요?"

"아니, 2반 했는데, 왜 그러니?"

"아, 제 친구가 4반인데요, 점심 먹으러 같이 가려고 기다리고 있는데 친구가 안 나와서요."

"아, 그래? 내가 늘 수업을 늦게 끝내니까 일찍 끝내 달라는 부탁이지? 그래야 친구와 같이 밥 먹으러 간다고 말이지, 그지?"

"예, 히이!"

"알았어. 네가 말해 주지 않았으면 그것도 모르고 나는 계속 단원 정리를 다 마치고 끝내려 했을 거야. 솔직하게 말해 줘서 고맙다. 앞으로 참고할게."

"고맙습니다. 그런데, 선생님이 그러시니까 뜻밖이에요. 그리고 제가 말한 게 잘했다는 생각이 들어요. 고맙습니다."

깍듯이 90도로 인사를 하고 돌아가는 소현이를 보며 얼마나 기분이 상쾌하던지 그날 점심 식당에서는 마주 앉아 밥을 먹고 있는 아이들과 눈이 마주칠 때마다 큼직한 미소를 지어 보였다. 그러나 그 뒤에도 여전히 나는 종 치고도 한참 뒤에나 교실을 나온다. 그럴 때마다 복도에서 기다리고 있는 소현이에게, "아이고 미안해라. 또 늦었다!"라고 하면 소현이는 생긋 웃으면서 "괜찮아요!" 하며 너그러이 용서를 해 주니 도무지 누가 아이고 어른인지 모를 지경이다.

지수는 여느 날과 다름없이 친구들과 교실 청소를 다 끝내고 문단속을 하고 교실을 나왔다. 그런데 어찌된 셈인지 이튿날 아침 담임 선생님이 들어오셨을 때는 교탁에 빗자루가 놓여 있고 교실이 지저분하였다. 화가 난 선생님은 다짜고짜 "어제 교실 청소했던 사람들 앞으로 나와!" 하며 무섭게 꾸중을 하셨다. 지수는 억울하여 가슴이 터질 지경으로 집에 와서도 울음을 멈출 수가 없었다. 결국 글로 적어 이튿날 선생님께 드렸고, 다음 날 직접 선생님을 찾아가서 우리는 그날 분명 청소를 잘했다는 말을 했다고 한다.

"그럼 너는 왜 그때 바로 이야기하지 않았니?"

"담임 선생님이 너무나 무섭게 화를 내서서 차마 말할 수 없었어요."

"그래, 이야기하고 나서 어떻게 됐어?"

"선생님께서 미안하다고, 선생님도 실수를 할 수 있다고 잘못했다고 사과하셨어요."

"지금은 기분이 어떠니?"

"속상했던 마음과 청소 건에 대해서 사실대로 이야기한 건 정말 잘

했다는 생각이 들어요. 그렇지 않았더라면 저는 계속 공부도 못 하고 학교도 오기 싫었을 거예요. 지금은 선생님과도 더 친해지고 좋아졌어요."

"참 잘했구나. 아무리 억울해도 선생님께 사실을 알리고 자신의 결백을 주장하는 일이 쉽지 않을 텐데, 용기가 있구나. 우리 다 같이 박수 한번 보내 줄까?"

차갑게 관찰하고 뜨겁게 사랑하기

흔히 우리는 가족이나 오래된 친구 사이처럼 가까운 사람들에게 정말 하고 싶은 말을 더 못 할 때가 많다. 쑥스럽고 어색하고 도무지 부자연스럽기 짝이 없다. 괜스레 서먹서먹한 관계가 되어 버리면 말 안 한 것보다 못하니 그만 안 하고 만다. 혹은 "에이, 알겠지." 하며 억지로 믿고 싶어 한다. 그러나 아무리 가까운 사이라고 해도 표현하지 않으면 제대로 알지 못한다. 말하지 않아도 서로의 마음을 알아준다면 좋겠지만 그런 관계는 하루아침에 이루어지는 것도 아니고, 설혹 그렇다 해도 적절한 표현은 서로의 관계를 더욱 돈독하게 만들어 주니 굳이 멀리할 이유가 없다.

정다운 친구나 가족을 잃지 않기 위해서라도 냉정한 관찰과 응시의 과정은 필요하며, 사랑할수록 서로의 마음을 더 잘 알리는 게 좋다. 상황을 바로, 차갑게 보고 표현하는 것은 사랑을 더욱 발전 상승시켜 나가는 가치 있는 용기이기 때문이다.

적극적인 자기표현을 공격적인 태도로 오인하는 사람들이 간혹 있다. 그러나 이는 전달 방법의 잘못이지 표현 자체가 문제라고 할 수는 없다. 자기표현은 자기의 생각이나 감정을 폭넓고 명쾌하게 전달하는 능력이지 결코 공격적인 행위가 아니다. 또한 자신의 권리가 중요한 만큼 다른 사람의 권리도 존중받고 소중하게 인정되어야 한다. 건강한 자기표현이야말로 타인과의 관계를 보다 우호적이고, 적극적이며, 부담을 주지 않는 기술인 것이다.

제발 내게
부탁 좀 해 봐

부탁 못 하는 사람들

살다 보면 좋든 싫든 타인에게 부탁이나 요청을 해야 할 일이 생기게 마련이다. 그럴 때 보통은 상대가 부담스러워 할까 봐 망설이게 되지만, 때로는 이런 요청이 관계를 더 확장시키고 깊어지게 만드는 기회가 되기도 한다. 사람들에게는 생각 이상으로 타인의 요구를 들어주고 싶어 하는 마음이 있기 때문이다. 그런데 유난히 부탁을 못 하는 사람들이 있다.

난 내가 도대체 뭘 원하는지 무엇을 바라고 있는지 정말 모르겠다. 바라는 게 막연하게 너무 많고, 그 바라는 것도 정확하지 않기 때문인가 보다. 욕심이 너무 많으면 자기가 원하는 것은 말할 수 없나 보다. 내가 원하는 것을 요청하려면 남에게 먼저 주어야 하는 것 같다. 그렇지만 나에게는 줄 게 없어서 그 누구에게도 내가 원하는 것을 요청하기가 힘들다.

고등학교 2학년인 민아의 호소하는 글 중에 '내가 원하는 것을 요청하려면 남에게 먼저 주어야 하는데 나는 줄 게 없기 때문에 남에게 무엇을 요구하기 어렵다.'는 내용은 그런 의미에서 눈여겨볼 만한 말이다. 왜냐하면 이는 우리나라 대부분의 여성들에게 흔히 나타나는 현상이기 때문이다. 어쩌면 늘 묵묵히 헌신적으로 가족들을 뒷바라지한 과거의 어머니들 모습에 익숙한 탓인지도 모른다. 요즘은 많이 달라지기도 했지만 예전의 어머니들은 가족을 위해 평생 헌신하면서도 자기를 위해서 무언가를 해 달라는 말은 잘 하지 못하고 살아왔다. 차라리 내가 해 주는 것이 자신 있고 마음 편하지, 내가 남에게 뭔가를 해 달라고 하는 것은 도무지 불편하고 익숙하지가 않은 것이다.

이런 경향은 뜻밖에도 가까운 사이일수록 더 두드러지게 나타난다. 가족이나 연인, 배우자, 오랜 친구 사이일수록 서로 알아서 헤아려 주기를 바라는 경향이 많아 좀처럼 자신의 속내를 드러내지 않는 경우가 더 많다. 그러나 가깝고 오래 알아 왔다는 이유로 말 안 해도 다 알 것이라는 믿음이나 기대를 가진다면 큰 오산이다. 말하지 않으면 속마음을 죽을 때까지도 알아차릴 수 없는 경우가 얼마든지 있다. 그러나 역으로 무엇을 묻거나 부탁을 함으로써 관계가 더 진전되고 발전한 경우 또한 의외로 많다.

커피 한 잔 사 달라는 말에 그토록 기뻐하다니

대학 시절의 일이다. 그해의 첫눈이 내리고 있는 데다 하늘은 달콤하게 느껴질 만큼 뽀얀 대기로 가득 차 있어, 누구라도 음악이 흐르는 찻집에서 마시는 차 한 잔이 간절할 때, 하굣길에 아무리 주머니를 더듬어 보아도 차비밖에 없었다. 참으로 용돈이 궁색했던 시절이다. 찻집에 가고는 싶고, 돈은 없고, 옆에 가는 친구에게 말하기는 거북하고, 퍽이나 망설였더랬다. 친구에게 말을 해 봐? 뭐라고 말하지? 지갑을 잃었다고 할까, 시내 갈 일 없느냐고 하며 은근히 차 마시러 가자고 해 볼까? 온갖 궁리를 하며 한참이나 걸어가다가 '에라, 다 치우고 말하자.' 하고는 단숨에 말해 치웠다.

"은화야, 나 돈 없는데 커피 한 잔만 사 주라."

그러자 친구가 갑자기 환하게 반색을 하며 이러는 게 아닌가.

"어머, 그래. 야, 가자!"

커피를 시켜 놓고서도 친구는 뭐가 그리 좋은지 연신 입을 다물지 못하고 싱글벙글한다.

"그런데 너, 뭐가 좋아서 그렇게 웃니?"

"좋지, 그럼 안 좋니? 네가 나한테 커피 사 달라는데. 야, 기분 억수로 좋다."

나는 단지 내 마음을 정확히 읽고, 그 사실을 정직하게 드러내어 부탁했을 뿐이다. 그런데 친구는 자신이 선택되었다는 느낌에, 그리고 자기에게 마음을 털어놓고 솔직히 요청한 사실에 그토록 만족스러워 했던 것이다. 순수한 부탁이나 요청은 이처럼 신뢰의 표시로 작용하여 상대의 마음을 기쁘게 만들기도 한다.

내 인생에 남에게 무언가를 요청해서 이처럼 사람을 기쁘게 한 적이 있었다고 하니 아이들이 다투어 자기도 그런 경험이 있다고 난리다.

"선생님, 아름이가요, 오토바이 사고 났다면서 울면서 저한테 전화를 했잖아요? 부모님은 대구 가시고 안 계신데 저보고 지금 병원으로 와 줄 수 있느냐고요. 그래서 당연히 가야지 그러고 있는데, 어쩐지 느낌이 이상하다 했더니 글쎄 아름이가 장난친 거였어요."

"오, 그래서 묘선이 너는 어떻게 했니?"

"처음에 사고 났다고 나에게 전화해 줘서 무지 감동 받았어요. 장난 전화인 줄 알고는 좀 실망했지만 아름이가 곧 미안하다고 했고, 그 후에 아름이와 더 친해지고 신뢰감이 쌓였어요."

다음은 다은이가 숨 가쁘게 이어서 말한다.

"저는요, 남자 친구가 시험 날까지 새벽 6시에 모닝콜을 울려 달라고 해서 날아갈 듯이 기뻤어요. 저는 늦잠꾸러기인데 새벽마다 일찍 일어나서 다 해 줬어요."

"와, 대단하구나. 새벽마다 귀찮지도 않았단 말이지?"

"아니요, 귀찮기는요! 그래서 남친이 시험 다 치고 나서 고맙다고 저보고 나오라고 했어요. 그래서 같이 맛있는 것도 먹고 데이트해서 되게 좋았어요."

"다은이는 그럼 남친이 시험 더 오래 쳤으면 좋았겠네. 안 그래?"

"아, 맞아요. 그런데 시험이 끝나 버렸어요."

"여러분, 묘선이나 다은이처럼, 또 내 친구처럼 누구에게 부탁을 받았을 때 그렇게 기쁜 이유가 뭐라고 생각해요?"

"내가 그 사람에게 선택되었으니까요, 그 사람에게 잊혀지지 않는 의미가 되었으니까요. 특별한 존재라는 뜻이고, 그건 또 나를 좋아한다는 간접적인 표시잖아요."

"그렇다면 내가 여러분에게 하나 의논할 게 있는데 좀 도와줄래요?"

"네, 뭔데요?"

"내가 좋아하는 친구가 있는데, 그 친구는 지금까지 나한테 한 번도 부탁이라는 것을 해 본 적이 없어. 나는 늘상 어려운 일이나 속상한 일이 있을 때 하소연도 하고 도움도 청하고 해서 참 위로가 많이 되었는데. 그런데 이 친구는 도무지 내게 부탁을 안 해. 그래서 나는 그 친구에게 내가 별 의미가 없는 듯이 여겨지고 존재도 크게 안 느껴지는 듯해서 몹시 서운하고 속상해. 어떻게 하면 좋겠니?"

"말을 하세요, 그 친구에게. 아니면 편지를 쓰세요!"

"아, 그래. 편지!"

나는 아이들이 정성스레 충고해 준 대로 실천해 보았다. 내 인생에 지울 수 없는 오랜 길벗. 그러나 한 번도 나에게 그 어떤 것도 부탁하지 않고 청하지 않아 나를 오랫동안 서운하게 했다고 친구에게 기나긴 편지를 썼다.

편지를 부치고는 답장을 안 기다리려고 안간힘을 썼는데, 뜻밖에도 답장은 이틀 만에 왔다. 네 장의 편지지에 빽빽하게 썼으나 친구가 전하고 있는 내용은 간단했다.

'무조건 잘못했다. 내 자라 온 환경 탓에 무엇을 진정 원하는지도 잘 몰랐고, 아울러 남에게 청하고 부탁하는 일은 언감생심 생각도 못 했다. 그저 울고만 싶다. 그동안 나는 울어서는 안 되는 환경에서 살았다. 그래서 지금은 울지도 못하는 사람이 되었다. 모두가 내 탓이

다……'

그 후 편지를 통해 주고받은 이야기를 보고하듯 아이들에게 전해 주자 아이들은 "와-!" 함성을 지르며 뜨거운 박수로 축하해 주었다. 순간 아이들과 내가 하나가 된 것 같은 느낌이 들었고, 아이들에게 생의 동반자와도 같은 연대와 친밀감이 생겼다. 마음속의 오랜 고민을 솔직하게 드러낸 것만으로 친구와도, 또 아이들과도 한결 더 깊은 유대감이 생긴 것이다. 이처럼 부탁과 요청은 관계를 더 성장시키고 풍요롭게 만드는 동력이 되기도 한다.

이후 그 친구는 뼈를 깎는 노력으로 지금은 소리 내어 울기도 하고, 밥을 같이 먹자는 전화도 할 줄 안다. 아직 내 마음에 흡족하지는 않지만 '노력한다'는 게 어딘가? 친구가 내 마음을 알아주었다는 사실이 그저 고맙기만 하다. 그 이후 그 친구와 나는 서로의 마음을 더 살갑게 나누는 명실 공히 최고의 친구가 되었으며, 그 편지는 누가 뭐래도 내 평생 쓴 편지 중 최고로 멋진 편지였다는 자부심을 지금도 가지고 있다.

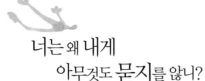

너는 왜 내게
아무것도 묻지를 않니?

관심이 없으니 궁금한 게 없지

사람들은 누구나 자신에게 관심을 보이는 사람에게 비슷한 관심을 가진다. 거기다 질문까지 보태며 누군가 내게 더 깊은 관심을 보인다면 똑같은 질량은 아닐지라도 나 역시 깊은 관심을 가지고 상대를 주목하게 된다. 뿐만 아니라 상대의 관심과 질문을 통해 스스로 자아를 성찰하고 정리하며, 하나의 체계가 세워지기도 하니 결국 사람이란 그런 만남을 통해 성장해 가는 것이라고 할 수 있다. 또 그런 과정을 경험하는 사이, 어느덧 서로에게 점차 호감을 가지고 관계를 발전시켜 나가게 되는 것이다. 상대가 동성이든 이성이든 진정한 관계는 이렇게 출발한다.

지금 우리 아이들은 옛날같이 선생님들의 첫사랑 이야기를 조르지 않는다. 좋아하는 연예인이 누구냐, 감명 깊게 읽은 책이 뭐냐, 좋아하는 색깔은 뭐냐는 식의 질문도 안 한 지 이미 오래되었다. 심지어 그토록 찧고 까불며 가지고 놀던 선생님들의 별명도 더 이상 짓지도 부르지도 않는 것 같다. 별명은커녕 소풍 가서 노래도 안 시킨다. 소풍이라야 이젠 놀이동산 같은 곳을 가니 노래할 수도 없지만 차를 타고 가는 동안에도 저희끼리만 놀고 안 시킨다. "선생님도 노래 한 곡 하시지요." 하고 예의상 한 번 마이크를 넘길 때도 있지만, 짐짓 사양하는 몸짓이라도 보일 것 같으면 다시 권하는 일 없이 마이크를 단박에 가져가 버린다. 이런 괘씸한 놈들! 아, 차라리 '부시맨'이라 불리던 6년 전 그 시절, 그 아이들이 그립다. 머리가 늘 부스스해 원시인 같다고 내가 좋아하는 '명희 선생님' 대신에 '부시맨'이라고 부르며 놀리던 아이들은 적어도 내게 관심이 있었기 때문이다.

그런데 저희들은 타인에게 관심을 안 가지면서 정작 자기에게 아무도 관심을 보이지 않으면 죽도록 외로워한다. 특히 여학생들은 기분이 상해 토라지면 서로 말을 안 하는데, 그러한 시간이 길어지면 아예 관계를 회복하지 못하는 경우가 종종 있다. 누가 나에게 뭔가를 물어본다는 것은 관심이 있다는 뜻이고, 관심이 있다는 것은 좋아하기 때문이란다. 오, 이 대목에서는 스승과 제자가 죽이 척척 맞아떨어진다.

"그지, 그렇지? 그럼 안 물어보면 어떤데?"

"기분 나쁘죠. 자존심 상하고 슬퍼요. 내가 중요한 존재가 되지 못한다는 뜻이잖아요."

"그래, 누가 뭘 물어봐서 기뻤던 일이 있어?"

"선생님께 야단맞고 속상해서 식당에 안 갔더니 옆 반 친구가 왜 밥 먹으러 안 왔느냐고, 속상한 일이 있냐고 물어봐서 기뻤어요."

"저는요, 엊그제 연휴였잖아요? 그런데 오늘 학교 오는 길에 안나가 저한테 '너 어제 뭐 했니?' 하고 물어봐서 기분 좋았어요."

"나영이가 저보고 '어떻게 하면 너처럼 발표를 잘할 수 있니?' 하고 진짜 궁금하다는 듯이 물었어요."

궁금한 게 없으니 질문이 없지

오래전 특별히 아이들이 나를 속상하게 한 일도, 별달리 힘든 일도 없었는데 연일 우울했던 적이 있었다. 웃는 것도 말하는 것도 다 귀찮아서 조·종례도 칠판에 적어 주었고, 수업 시간에는 아이들과 눈도 안 맞추고 오직 수업만 했다. 이렇게 일주일이 지났는데도 반 아이들한테서는 아무런 낌새가 없다. 그 흔하던 쪽지 한 장 없이 담임을 나 몰라라 팽개치고 있다. 담임 선생님이 이토록 우울한데 알아채는 사람이 없다는 사실에 갑자기 허전하고 서운해서 울고 싶었다. 참다 못해 어느 종례 시간에 아이들을 응시하며 조용히 말했다.

"너희들, 내가 일주일 동안이나 말을 하지 않았다는 사실을 아니?"

"……."

"아무도 물어보는 사람이 없었으니. 그럼 너희들은 내가 일주일이나 말 않고 지냈다는 사실조차도 모르는구나?"

"……."

누구 한 명이라도 "선생님, 무슨 일 있으세요?" 혹은 "어디 편찮으세요?"라고 물어 주었다면 얼마나 기뻤을까. 아마 우울함은 곧 끝났겠지. 그 후 아이들은 졸업을 했고, 누가 선생인지 제자인지 구분도 할 수 없을 만큼 시간이 흐른 후에 같은 학교에서 동료 교사로 만난 승희는 당시를 회상하며 이렇게 말했다.

"그때 선생님이 일주일이나 종례 때 아무 말씀이 없었다는 사실을 저는 몰랐어요. 지금 생각하니 참 서운하셨겠다 싶어요. 선생님께 관심이 없었던 게 아닌데 그걸 몰랐어요. 지금 죄송하다고 해도 되나요?"

"그래, 그때 참 서운했다. 그런데 지금은 그런 거 알아볼 수 있겠니?"

"아마 여전히 모를 것 같아요. 인간이 왜 이럴까요?"

"그건 상대방을 외롭게도 하지만 결국 너의 외로움이야. 서로 관심을 가지고 물어도 보고 하면서 관계를 맺어 나가도록 해. 독불장군처럼 혼자 서 있다고 강한 것만은 아니니까."

지극 정성으로 대답하라

묻고 대답하는 행위는 이처럼 인간관계의 기본이자 출발선이다. 특히 학교처럼 많은 사람들이 집단으로 모여 생활하는 경우, 묻고 대답하는 것은 친목을 넘어 서로간의 불필요한 오해를 줄이는 최선의 방법이라고도 할 수 있다. 간혹 생각 없이 경솔하게 말하는 학생들 때문에 불쾌감을 느끼는 경우도 있지만 대부분의 아이들은 선생님께 무언가를 질문할 때 오랫동안 생각하다가 더 이상 참을 수 없어서 묻는 경우가 더 많다고 생각한다. 따라서 학생을 비롯한 누구의 어떠한 질문에도 최선을 다하여 정성껏 답해 줌으로써 명확한 이해 속에 관계를 한 단계 높이도록 애쓸 일이다.

늘 선생님이나 주위 친구들에게 깊은 흥미를 가지고 관찰하는 지양이가 이번엔 미술 선생님에게로 관심이 옮겨져 연구가 한창이다. 그런데 어느 날, 평소 궁금해 못 견디겠다던 의문에 대하여 기어코 답을 알아 왔다. 그 미술 선생님은 평소 보기 민망할 정도로 화장을 진하게 하고 다녔다. 나도 궁금하기는 했으나 그렇다고 직접 물어볼 만큼 호기심이 가는 일은 아니었기에 시큰둥해 있는데 지양이는 의외로 진지하게 말했다.

"미술 선생님이요, 화장을 안 하면 죽은 사람 얼굴같이 색깔이 퍼렁대요. 그래서 그걸 안 보이게 하려고 진하게 하신대요. 그런데 그 말씀을 하시는데 막 부끄러워하면서 이야기를 다 해 주시잖아요."

이렇게 말하는 지양이의 얼굴은 완전히 감동 먹은 낯빛이다. 약간은 짓궂은 호기심으로 물어보았을 뿐인데도 선생님은 그토록 열심히, 솔직하게 답을 해 주셨다고, 이젠 진짜로 미술 선생님이 좋아졌다고 한다.

한번은 고3 수업을 들어갔는데 아이들이 뭔가에 흥분이 되어 있는 듯 교실이 술렁술렁하였다. 이유를 안 들어 볼 수 없다. 당장 고백하지 않으면 수업을 거부하겠다며 으름장을 놓고 들어 본 즉, 앞 시간이 담임 선생님의 영어 시간이었는데, 들어오자마자 효숙이를 가리키며 밖으로 나가라는 손 신호를 보내셨단다. 멋모르고 복도로 나간 효숙이는 이유도 모른 채 그곳에 꿇어앉아 있었고, 선생님은 바로 수업을 시작하셨다. 그 후 수업이 다 끝나 갈 때까지도 선생님께서 들어오라는 말씀이 없자, 대체 무슨 잘못으로 효숙이가 그런 벌을 받는지 궁금해 하던 아이들은 서로 "너가 말해, 니가 말해." 하며 티격태격하다가 결국 학명이가 손을 번쩍 들고 물었다.

"선생님, 효숙이 왜 벌섭니까?"

"누가, 효숙이? 어디?"

"저기 아까 선생님이 효숙이 밖으로 나가라고 하셨잖아요."

"아니, 효숙이가 아직도 복도에 있어? 그런데 왜 꿇어앉아 있는 거야? 내가 복도에 휴지가 있어서 나가 주우라고 했는데?"

"……."

모두들 어이가 없어 일제히 말을 잊은 가운데 마침종이 쳤고, 잠시 후 교실로 들어오는 효숙이의 눈은 울어서 벌겋더라는 이야기다.

"효숙아, 대체 너는 왜 선생님께 한마디도 이유를 묻지 않았니?"

"흑흑, 선생님께 어떻게 물어봐요?"

"에그, 학명이가 물어보지 않았다면 너희들은 아직 이유도 모르고 멋대로 추측하면서 속 끓었을 거 아니니? 질문을 했기에 선생님의 실수임을 알게 되었고, 효숙이도 명예가 회복되지 않았냐? 학명이는 훌륭했고, 효숙이는 좀 더 자신의 행복과 평화를 위해 노력해야겠다. 응?"

상상하고 추측하는 것은 모두 자기가 알고 있는 지식과 경험 안에서 이루어지니 어설픈 추측이나 해석은 오히려 자신의 무지함이나 경솔함을 드러내는 일이다. 굳이 학생이 아니라도 좋다. 누구라도 알고자 하는 그 대상이 사람이든 사물이든 부정확한 것을 정확하게, 불투명한 것을 투명하게 하고 싶기 때문에 묻는 것이다. 이런 행위는 앞으로도 우리가 생활 속에서 몸에 지니고 살아야 할 아름답고도 지혜로운 덕목이다. 왜냐하면 말로써 이치를 알고 깨우쳐서 자신이

겪게 될 부당함에 대항해야 하고, 또 혹 자기 본위로 억측하여 일을
그르치지 않도록 하기 위해서이다.

"명희선생님,
들어주세요."

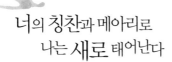

너의 칭찬과 메아리로
나는 새로 태어난다

매년 5월은 정신없이 바쁘다. 아름다운 봄꽃과 신록을 여유 있게 감상할 사이도 없이 중간고사에 야영이다, 소풍이다, 체격 검사다 하여 가뜩이나 아이들과 교실에서 얼굴 맞대는 시간이 적은데, 게다가 이 무렵에는 교생들이 실습차 우르르 몰려오는 때이기도 하다.

드디어 5월의 마지막 주가 끝났다. 4주간의 교육 실습을 마치고 돌아가는 교생들과 함께 사진을 찍는다, 편지를 쓴다, 선물을 준다 분주하더니 헤어지는 게 못내 아쉬운지 심지어 눈이 빨개지도록 우는 아이들까지 있다. 그 모습이 귀여운 한편 살짝 서운한 마음이 들기도 했던지라 오랜만에 다시 내 차지가 된 수업에 들어가 이렇게 말했다.

"휴우! 4주 동안 여러분을 교생들에게 빼앗긴 것 같아서 질투가 났는데, 이제 여러분을 되찾아서 아주 기쁩니다."

잠시 조용하던 교실은 말이 끝나기가 무섭게 술렁이더니 물결이 반짝이듯 거의 모든 아이들이 눈과 입을 크게 벌리고는 반색을 한다.

"와-! 정말이요?"

"그러-엄, 정말이지. 아무도 선생님들이 이런 말 하는 거 못 들어 봤지?"

"네에-. 선생님들이 그렇게 생각하시는 줄 몰랐어요."

"왜 그렇게 생각하지? 우리는 뭐 사람 아닌가? 이런 말 들으니까 기분이 어때요?"

"너무 좋아요."

"우리도 선생님을 되찾은 것 같아요."

"선생님하고 동등해 보여요."

"날아갈 것 같아요."

"기분 짱이에요."

기왕이면 사람을 기분 좋게 하자

모든 사람은 각자 자기 나름의 높은 뜻과 개성을 지니고 있다. 따라서 아무리 결함투성이처럼 보이는 사람이라 할지라도 숨은 미덕이나 장점 하나 쯤은 지니고 있게 마련이다. 그 점을 지속적으로 칭찬해 주고 격려해 준다면 누군가에게는 삶을 바꿀 만큼 큰 힘이 될 수도 있다. 칭찬은 고래도 춤추게 한다고 하지 않는가. 그런데 우리는 여전히 칭찬에 인색한 것 같다. 칭찬하는 데 돈이 드는 것도 아닌데 다들 왜 그렇게 아끼는지 알다가도 모를 일이다. 평소에 내가 좋아하고 존경하는 사람이 있다면, 그 좋은 점을 마음으로만 느낄 것이 아니라 칭찬을 통해 그 사람의 가치를 한껏 올려 줘 보자. 상대를 칭찬하는 사이 나도 함께 감정의 상승을 맛보는 기쁨을 누리게 될 것이다.

청소년 시기에 이런 긍정적인 경험을 해 보는 일 또한 의미가 있으리란 생각에 수업 시간 중 평소에 자신이 좋아하고 고맙게 느끼는 한 사람을 선정하여 그 사람을 칭찬하고 또 감사하는 말을 해 보기로 하였다. 그러자 앞에 앉은 푸름이가 번쩍 손을 들고 나온다.

"저는요, 제 친구 신경이를 칭찬하고 싶어요.(신경이를 불러내어 그 앞에 서게 한다.) 신경아, 전에 네가 나한테 편지 썼잖아. 거기서 니가 내가 남자가 아니고 여자라고 말해 줘서 참 고마웠어. 난 지금까지 남자애들이 나보고 맨날 남자 같다고 해서 얼마나 속상했는지 몰라. 그런데 속상한 내 마음을 니가 알아준 것도 고맙고, 또 확실히 여자라고 말해 주어서 얼마나 좋았는지 몰라."

그 말을 들은 신경이가 그저 부끄러워하며 가만히 서 있기만 하기에 반응을 보이라고 하자 겨우 "고마워!"라고 한다.

"아니, 칭찬과 고맙다는 말을 들으면서 마음이 어땠는지 솔직하게 메아리를 보내 봐."

"바로 앞에서 칭찬을 들으니까 부끄럽고 쑥스러워요. 그런데 기분은 좋아요."

"푸름이는 신경이 앞에서 직접 말해 보니까 어때?"

"그 말을 꼭 하고 싶었었는데, 이상하게 좀 부끄러운 느낌은 들지만 그래도 하고 나니까 속이 후련해요."

"서로가 말을 하고 또 반응이 오니까 모두 어때요?"

"아무 말도 없었다면 무안했을 거예요. 친구와 더 친해진 기분이 들어요."

이 외에도 늘 자신이 없고 열등감으로 인해 남 앞에 잘 나서지도 못
하며 소심하게 지내는 아이들을 위하여 매일 아침 한 사람씩 칭찬
의 주인공이 되어 반 친구들의 칭찬을 받는 시간을 가져 보았다. 그
런데 그 시간을 경험한 아이들의 반응이나 변화가 사뭇 놀라웠다.
평소에 소극적이던 아이들조차 적극적으로 참여하여 정신적으로
긍정적인 발전을 보이는 것을 지애의 모둠일기를 통해 확인할 수
있었다.

⊙ 칭찬이 힘이다.

우리는 학교에서 많은 기쁨을 누리면서 사는데, 내가 학교에서 겪는
제일 큰 기쁨은 칭찬을 하는 것이다. 우리 반의 급훈이 '서로를 칭찬해
주자'이다. 그래서 지금 우리는 칭찬하는 것을 실천으로 옮기고 있다.
그때 칭찬의 주인공이 되는 친구의 입은 좋아서 귀에 걸린다. 나도 역
시 겪어 보았다. 내가 주인공이 되어 들었던 칭찬 하나하나는 아직도
나의 가슴속에 쌓여 있다. 그리고 그때 들었던 그 칭찬은 잊지 못할 것
만 같다. 친구들에게 호감과 정이 많이 가고, 또 그다지 친하게 지내지
않았던 친구와도 급속도로 친해졌고, 특히 나에게 칭찬을 해 준 친구
는 더욱 더 기억에 남는다. 이제 나는 더 이상 외롭지 않다.

감사의 메아리를 보내자

제아무리 대단한 명창이라고 해도 추임새가 없으면 노래할 맛도 흥

도 떨어질 것이다. 이처럼 사람이 하는 말에도 그에 걸맞은 메아리가 있을 때 더 탄력을 받지 않을까? 상대방과 좋은 관계를 맺기 위해서도 기왕이면 상대방을 기분 좋게 하는 말을 주고받음으로써 관계를 더욱 윤기 있게 만들어 가는 기술이 필요하다. 상대방에게서 좋은 점을 찾아내어 칭찬하고, 또 그 칭찬에 진심으로 감사하며 메아리를 보내는 일은 얼핏 사소해 보이지만 우리를 살맛 나게 하고 행복하게 만드는 큰 힘이 아닐 수 없다.

그러나 유감스럽게도 우리는 상대를 앞에 두고 칭찬과 감탄을 보내는 것에 인색하거나 쑥스러워한다. 또 기껏 어렵게 칭찬을 했는데, 그 칭찬에 대하여 진심으로 기뻐하고 고마워하기보다 겸손이라는 이름으로 지나치게 사양하거나 부인하는 경향이 있다. 이는 하루아침에 몇 마디 훈화로는 바꿀 수 없다. 그저 평소에 끊임없는 훈련만이 필요하다.

"여러분, 지금까지 봐 온 선생님이 어떤지 말해 줄래요?"
"선생님은 자신의 감정에 충실하고 목소리가 고와요."
"아니야, 난 그렇지 않아. 너희들이 잘못 본 거야. 사실 나를 제대로 알면 실망할 거야."
"아니에요. 정말 솔직하시고 시원시원하세요."
"아니라니까. 너희들이 잘못 알고 있는 거야. 좀 지내보면 알게 될 거야. 그렇지 않다는 걸."
계속 부인하자 아이들은 더 이상 말이 없다. 그 모습을 보며 속으로 회심의 미소가 번진다.
"내가 지금 여러분의 진심 어린 칭찬에 계속 아니라고 부인하고 거부하니까 기분이 어때요?"

"기분 더러워요."

"무안해요."

"그럼 다시 칭찬해 볼래요?"

다시 칭찬해 달라는 말에 일단 김이 샌 듯 조금 전까지 흥겹던 분위기가 사뭇 어색해졌다. 그 짧은 침묵을 뚫고 누군가 조그만 소리로 말한다.

"나이도 많으신데 우리들 눈높이에 맞게 대해 주셔서 좋아요."

"어머나, 고마워요. 그렇게 말해 주니 내가 노력한 보람이 있구나. 난 너희들이 날 사이코라 부르길래 싫어하는 줄 알고 속으로 참 쓸쓸했는데, 얼마나 기쁜지……. 정말 고마워요. 살맛이 납니다. 앞으로 더 잘할게요. 자, 이제 기분이 어때요?"

"히이-, 정말이에요?"

"앞으로도 좋은 점을 자주 말씀드릴게요."

"선생님이 좋아하시니까 우리도 기분이 좋아요."

아이고, 요 순진한 놈들. 단박에 교실 분위기가 바뀌어서 희희낙락한다.

밥맛이 얼마나 좋은데요!

오래전, 차인표가 나오는 드라마가 방영된 다음 날이면 7개의 모둠 일기에는 영락없이 일제히 입이라도 맞춘 듯이 차인표 이야기로 도배가 되곤 하였다. 이 연예인을 향한 열기를 어떻게든 좀 식혀 보려고 일부러 흥을 보았다.

"차인표가 뭐 그리 좋냐? 나는야 차인표 밥맛이더라!"

그러자 갑자기 찬물을 끼얹은 듯 교실 분위기가 싸늘해지는가 싶더니 누군가가, "밥맛이 얼마나 좋은데요!" 하지 않는가!

기가 막혔지만 밥맛이 좋다는 말에 일단 안심이 되고 기분이 좋아진 나는 단박에 관대해졌다.

"맞아! 밥맛이 얼마나 좋은데, 그지? 사실은 나도 옛날에 말이야, 밥을 먹다가 TV에 송창식이 나오기에 나도 모르게 숟가락을 든 채로 있었나 봐. 노래가 다 끝난 뒤에야 비로소 들고 있던 숟가락을 입으로 가져가는데, 그때까지 나를 지켜보신 아버지께서 뭐라 하셨는지 알아?"

아이들은 눈을 동그랗게 뜨고 내 입만 바라보고 있었다.

"글쎄, 아버지가 아주 나직한 어조로 '너는 왜 사노?' 하시는 거야. 송창식을 좋아한다는 이유로 나보고 왜 사느냐고 경멸하듯 말씀하시는 아버지가 얼마나 미웠는지 몰라. 송창식을 위해 몹시 자존심 상하고 불쾌했거든. 그러니까 너희도 이제 금방 차인표를 위해서 화가 난 거였지?"

"예, 맞아요. 선생님도 그런 경험이 있으면서 어떻게 우리가 좋아하는 사람에게 그렇게 말씀하실 수가 있어요?"

"미안, 미안! 내가 너희들이 어쩌나 보려고 한번 그래 본 거였어. 너희들 마음을 나도 안다 이거지."

"그런데 선생님! 있잖아요, 인희는요 '서태지와 아이들'이 너무 좋아서 공부가 안 된대요. 그래서 걔네가 그만 죽어 버렸으면 좋겠대요."

"어머나 저런! 자나 깨나 서태지가 생각나서 공부고 뭐고 아무것도 할 수가 없어서 힘들었나 보구나. 그렇지만 인희야, 정말로 서태지가 죽기를 바란 건 아니지?"

"그러-엄요!"

이쯤 되면 이제 슬슬 공부로 들어가도 될 때다. 김을 실컷 빼 주어 맛있는 밥이 되었기 때문에 포만감을 느꼈을 무렵이다. 이럴 때 비난성 발언이나 충고가 무슨 의미가 있겠는가. 그저 받아 주고 맞장구쳐 주라. 아니 도리어 한술 더 떠서 아이들보다 더 야단스럽게 굴어보라. 연예인을 좋아하는 건 한 시절의 열병과도 같은 것, 그대로 두고 세월이 가노라면 절로 관심은 다른 곳으로 가게 마련이다. 열병은 시간만이 해결해 주기 때문이다.

잘 듣는 것이 가장 좋은 사랑의 행위

청각 장애인은 이야기를 들을 때 상대의 입을 주시한다. 최대한 집중해서 잘 보기 위해 상대방을 손으로 툭툭 건드려 자신을 보게 한다음에야 비로소 상대의 말을 읽는다. 자기의 말을 잘 들을 준비가되어 있는 사람 앞에서 말하는 기쁨은 대단히 크다. 마치 굉장히 인격적인 대우를 받고 있는 듯 여겨지기 때문이다. 때로는 이처럼 상대의 말을 잘 들어 주는 것만으로 상대방의 화가 풀릴 때도 있다.

3학년 지도부 학생들이 화가 난 채 교무실로 1학년 담임 선생님을 찾아와 항의를 한다. 옆에서 보아하니 1학년들에게 실외화를 신고 교실이나 복도를 다니지 말라고 여러 번 주의를 주었는데도, 교실이 현관 옆에 있어 편하다는 이유로 그냥 실외화를 신고 다니며 도무지 고칠 기미를 보이지 않는 모양이었다. 그 사연을 씩씩거리며 길게 이야기하는 것을 내내 조용히 듣고만 있던 1학년 담임 선생님이 이렇게 말했다.

"그래, 1학년들이 형들을 우습게 알고 말을 안 들어서 화가 났구나. 동생들이 형의 권위를 안 세워 주어서 자존심이 많이 상하지?"

그러자 여태 씩씩거리며 펄펄 열을 내던 학생이 단박에 순한 양처럼 차분해지는 게 아닌가.

"예, 맞아요. 그럼 안녕히 계세요."

할 말을 다 한 듯 꾸벅 인사를 하며 나가는 3학년 학생을 보며 교무실에서 내내 그 풍경을 지켜보고 있던 선생님들은 모두 한바탕 크게 웃었다.

압력솥의 밥도 잔뜩 김이 차오르면 그 김을 빼 주어야 한다. 마찬가지로 사람이 극도로 흥분하거나 이성을 잃게 되면 평소 지능의 30%가 떨어진다고 한다. 이 정도는 아니더라도 내 이야기를 잘 듣고 무엇을 말하고자 하는지 그 마음을 정확히 읽어 주고 맞장구쳐 주는 이가 있을 때, 우리는 '이해 받는다'는 느낌이 든다. 이는 또 곧 '사랑 받는다'는 느낌으로 다가와 한 사람을 긍정적으로 바꾸어 주는 역할을 하게 되는 것이다.

사랑받고 있다고 느끼는 아이가 비행 청소년이 될 확률은 지극히 적다. 어른도 마찬가지이다. 때로는 그저 잘 들어 주는 것만으로도 사랑을 충분히 표현할 수 있다. 진지한 태도로 경청하는 것이야말로 우리가 손쉽게 타인에게 베풀 수 있는 가장 좋은 사랑의 행위인 셈이다.

살맛 나게 하는 추임새

내가 어떤 말이나 행동을 했는데 상대가 어떠한 반응도 보이지 않을 때의 심정은 무안함을 지나 참담하기까지 하다. '잘 못 들었나?' 혹은 '나를 무시하나?' '내게 별 관심이 없나?' 아니면 '어디가 아프거나 안 좋은 일이라도 있는 건가?' '건방지다' '무례하다' 등 갖가지 생각이 일어나 속에 똬리를 틀기 마련이다. 때로는 무심히 넘어가기도 하지만 대부분은 알게 모르게 가슴에 쌓여서 어느 한순간에 부정적으로 폭발하는 원인이 되기가 쉽다. 이는 대단히 위험하고 정신적으로도 좋지 않은 영향을 주어 건강한 인격체로 성장하기 어렵게 만든다. 이것을 넓게 '답례'라고 해 두자. 이는 곧 반응이요, 메아리요, 맞장구요, 추임새가 다 포함된다고 할 수 있겠다. 말 안 해도 아는 것을 굳이 그렇게 형식적인 말이 필요하냐고 묻지 말자. 상대방의 말이나 행동으로 인해 내가 한순간일망정 기쁨과 행복을 느꼈다는 것을, 그리고 감동과 고마움을 느꼈다는 것을 소리 내어 알려 주는 일은 나를 바르게 이해시키는 일이요, 스스로에게도 자기 존중감을 가지게 하는 품격 높은 행위이다. 동시에 상대를 변화시키고 자기 존재를 상승시키는 일이기도 하다.

오늘 점심시간에 등나무 아래 긴 의자에 가서 앉자 옆의 아이가 살

그머니 속삭인다.

"선생님한테서 꽃냄새가 나서 참 좋아요."

"그래? 난 그렇게 말해 주는 네가 더 꽃같이 향기롭다. 고마워."

"히이-, 좋아라."

그래서 오늘도 수업이 끝나고 교실을 나오기 전에 함께 소리쳐 낭송
한다.

> 행복하다고 말하는 동안은
> 나도 정말 행복해서
> 마음에 맑은 샘이 흐르고
>
> 고맙다고 말하는 동안은
> 고마운 마음 새로이 솟아올라
> 내 마음도 더욱 순해지고
>
> 아름답다고 말하는 동안은
> 나도 잠시 아름다운 사람이 되어
> 마음 한 자락이 환해지고
>
> 좋은 말이 나를 키우는 걸
> 나는 말하면서
> 다시 알지
>
> _이해인, 「나를 키우는 말」

"자, 마지막 구절을 더 크게 다시 한 번 시-작!"
"좋은 말이 나를 키우는 걸 나는 말하면서 다시 알지! 말하면서 다시 알지!"

여름의 문턱, 봄날의 끝자락에서 우리 아이들은 오늘도 신록처럼 푸르고 건강하게 여물어 가고 있다.

대체 무엇이
문제야?

도움을 요청하는 건 부끄러운 일이 아니다

때로는 이유 없이 온몸에 불쾌감과 짜증이 뭉클뭉클 일어나 아무것도 손에 잡히지 않을 때가 있다. 그럴 때면 만나는 사람에게 잔뜩 인상을 쓰거나 무뚝뚝하게 대하고, 그 불쾌감이 상대방에게까지 전해져 나중에는 왜 서로 사이가 이토록 뜨악해졌는지 알 수 없는 지경에까지 이른다. 만약 오늘이 그런 날이라면 지금 마음속에 일어나고 있는 걱정, 불안과 짜증을 그대로 순서 없이 한번 나열해 보자. 그러면 이들 중에서 가장 나를 괴롭히고 있거나 중요한 문제가 무엇인지 무게별로 순서가 정해진다. 바로 그것을 밖으로 끄집어내어 공개적으로 도움을 요청해 보자.

아이들은 종종 자기 문제는 자기 스스로 해결해야만 한다는 일종의 결벽증을 보인다. 그래서 혼자 낑낑대며 몸살을 앓을 정도로 힘들어

하고 고통스러워한다. 이는 어찌 보면 우리 몸에 밴 잘못된 관습 탓이라고도 할 수 있다. 누구에게 묻는 것은 무식하거나 무능하다는 의미이고, 그래서 묻는다는 것 자체가 부끄러운 일이라고 여겨지지 않는가.

소설 『개미』에 "모르는 것을 물을 땐 그 순간은 바보이더라도, 그 순간이 지나면 바보가 아니다. 하지만 묻지 않는 사람은 그 순간은 바보가 아니어도, 평생 바보가 된다."라는 구절이 있다. 게다가 우리 아이들은 아직 서툴고 미숙하지 않은가? 일단 자신의 문제와 어려움을 정확히 읽어 낸 다음 솔직하게 그것을 밖으로 드러내어 주변에 도움을 청하고, 이를 통해 건강한 일상으로 돌아오는 방법을 익히게 하여 민주적 공동체를 만들어 가는 다음과 같은 훈련이 필요하다.

공개적으로 해 보는 '사랑의 해결사' 놀이

우선 지금 자신을 괴롭히는 고민 하나를 구체적으로 종이에 적는다. 다 적은 종이는 접어서 바구니에 넣는다. 익명으로 해도 되지만 공개적으로 도움을 요청하는 것이니 가능하면 실명으로 하는 게 더 좋다. 그렇게 하면 문제 해결 과정에서 필요할 때 직접 친구들에게 보충 설명을 할 수 있기 때문이다. 종이가 가득 담긴 바구니를 교탁에 올려 두면, 누구든 원하는 사람이 나와서 사랑 가득한 마음으로 쪽지를 읽고 자신의 의견을 말해 주는 해결사가 된다. 이때 교사가 먼저 시범을 보여 어떻게 하는지 윤곽이 서도록 해 주는 것도 좋다.

쪽지의 내용은 가지각색이다. 어떤 때는 모두 성적 문제로 가득 채워질 때가 있어, 이 일의 취지를 살릴 수 없기에 아예 성적 문제는 제

외한다고 전제를 붙인다. 그러나 특정 과목에서의 어려움에 대한 이야기는 반드시 성적 고민에 그치는 것도 아니고, 집중적으로 함께 문제를 해결해 가기에도 좋다.

⌒〰 저는 체육 시간이 싫습니다. 체육 실기 시험을 친다면 난 언제나 C예요. 원래 체육을 못하기도 하지만 저는 나름대로 열심히 노력하는데 선생님은 매일 야단만 치십니다. 어떨 땐 "공부만 잘하면 뭐하노!" 하시면서 다른 반에 가서도 내 이야기를 하신다고 해요. 저는 속상하고 슬퍼요. 어떻게 하면 체육 점수도 높이고 체육 과목을 좋아할 수가 있을까요?

체육 시간에 관한 고민을 쓴 수랑이의 글을 읽고 아이들이 진지하게 해결해 주는 말들은 이러했다.
"체육 선생님께 직접 가서 잘 안 된다고 가르쳐 달라고 해 봐. 친절하게 가르쳐 주실 거고, 그래서 네 얼굴을 익혀."
"맞아. 그리고 운동장에서 혼자 연습하고 있는 모습을 자꾸 보여 봐. 선생님들은 대체로 노력하는 학생을 잘 봐주셔. 널 기억하셨다가 분명히 실기 점수를 잘 주실 거야. 내가 해 봤어."

또한 공부를 하고자 하나 집중력이 없어 고민이라는 진희에게는 다음과 같은 해결책들이 쏟아졌다.
"한 가지 과목에라도 흥미를 키워 재미를 붙여라."
"집중력을 키우는 서예나 한문 학원에 다녀 봐."
"집 책상을 햇빛 보는 쪽으로 놓고 책상 주변을 깨끗이 치워. 그리고 주변에 네가 좋아하는 과목에 관한 스티커를 붙여. 그림이나, 뭐 그런 거."

"두꺼운 장편소설을 읽어 봐. 점점 그 속으로 빠져 들어가게 돼. 긴 만화도 좋고 무협 소설도 좋고, 『해리포터』같이 상상력을 불러일으키는 책을 읽다 보면 잠자는 거, 밥 먹는 것도 잊을 정도로 집중하게 된다."

이쯤 되면 아이들은 어느새 선생님의 존재도 잊고 저희들끼리 그렇게 진지할 수가 없다. 저게 뭐 그리 도움이 될까 싶어도 그렇지가 않다. 또래의 문제는 또래가 더 잘 이해하고, 해결도 저희들 수준에 맞아서 받아들이기가 쉬운가 보다. 며칠 후 수랑이는 생글생글 웃으며 다음과 같은 인사말을 보냈다.

"선생님, 있잖아요, 저번에 '사랑의 해결사'에서 제 고민을 소개했잖아요. 그거 해결됐어요. 체육 선생님께서 어제 저를 격려해 주셨구요. 인정받아서 기분이 되게 좋아요. 그리고 어제 재시험도 통과했구요. '사랑의 해결사' 때문에 위로도 받고 성적도 좋아지고 해서 기분이 짱이에요."

백지장도 맞들면 낫다

아이들이 성적 문제 다음으로 가장 관심을 가지는 문제는 이성, 친구, 외모나 성격으로 인한 열등감, 실수나 습관 등이다. 학급의 삼분의 일이 사랑에 빠지고 어떻게 하면 사랑을 얻을 수 있을지 호소한다. 너무 많아 싫증도 나련만 나올 때마다 아이들은 그 주인공이 누 굴까 저희끼리 추측하며, 모두 자기 일인 양 매달리며 제법 그럴 듯 하게 충고한다. 한번은 좋아하는 오빠에게 고백을 했는데 안 받아 주어 화가 난다는 고민이 나왔다. 아이들이 내놓은 해결책들은 가지 각색이다.

"다른 남자를 꼬셔서 복수를 해 준다."

"싫다는 남자에게 매달리지 말고 자기 좋다는 남자를 만나서 행복 한 연애를 하기를."

"기다린다는 것은 너무 허무하다. 그의 마음을 가져오기 위한 노력 을 해라. 그 애가 좋아하는 말과 행동이 무엇인지 조사해서 나에게 호감을 가질 수 있도록 한다."

"페로몬 향수를 뿌린다. 눈을 가리고 가장 끌리는 사람에게로 가게 하는 실험에서 이 페로몬을 뿌린 사람에게로 끝내 가게 되더라는 검 증이 있더라. 그런데 값이 비싸. 30만 원쯤 된다 하더라."

아이들의 해결책 가운데에는 가끔 기상천외한 것이 있어 교실이 웃 음바다가 되곤 한다. 문제를 내놓은 아이는 친구들과 한판 웃어 보 면서 저도 모르게 자기 문제를 객관적으로 볼 수 있게 된다. 또한 자 신을 괴롭히는 게 별로 심각한 문제가 아님을 알게 되면 아이는 금 세 자유로워진다. 그렇지만 어른들에게는 전혀 문제가 아닌 일이 아 이들에게는 때로 심각한 문제가 되기도 한다.

　나는 얼마 전에 우리 집에 있는 다리미를 떨어뜨려서 깨 버렸다. 엄마 에게 말을 해야겠는데 혼날까 봐 무서워서 도저히 입이 안 떨어진다.

엄마를 볼 때마다 너무 미안하다.

저는 이쁜 얼굴을 갖고 싶고, 이쁜 옷과 이쁜 방과 이쁜 가방을 많이 사고 싶은데 돈도 많이 없고, 엄마 아빠도 내가 이쁜 것을 사서 사용할 때마다 계속 "니가 학생이지 깡패냐?"고 하시면서 자존심을 건드립니다.

어제 친구와 말다툼을 했는데 아직도 화해를 못 하고 있어요. 욕까지 하며 싸워서 기분이 안 좋아요. 저에겐 이게 성적보다 더 중요한 문제 같아요.

아이들은 스스로 자란다

'사랑의 해결사' 놀이는 아이들의 열광적인 관심과 참여 속에서 이루어지지만, 바로 그렇기 때문에 얼핏 어수선해 보인다. 그러나 교사의 치밀한 계획 속에서 이루어질 때, 인성 교육뿐만 아니라 학습에 있어서도 놀랄 만한 효과를 보인다.

　친구들의 고민이 마치 나의 고민 같았다. 모두 다. 그중에는 심각한 것도 있었고, 학교가 오기 싫다는 등 사소한 것도 있었다. 그중 나의 고민이 나왔을 때는 정말 기뻤다. 내가 친구들의 고민을 해결해 준 것처럼 그 친구도 나의 고민을 해결해 주니까 정말 고마웠다. 말하고 나니 한마디로 '속이 시원하다.' 강아지를 무서워하는 고민도 시원하게 풀리고 또 그에 대한 대답을 들은 친구들도 모두 진지하고. '아, 그렇게

하는구나.'라는 친구의 반응이 나왔다. _ 조수영

'5교시 수업 시간이 되면 잠이 온다.'는 고민에 '충분히 잠을 잔다.' '밤에 일찍 잔다.' '커피를 마신다.' 등의 해결책이 나왔으나, 나에게 제일 도움이 된 것은 '5교시에 든 과목을 좋아하도록 해서 예습, 복습을 하면 재미있어서라도 졸지 않아.'라는 명희 선생님의 말씀이 제일 도움이 되었다. _ 임현아

친구들의 고민을 듣다 보니 친구들과 한 걸음 더 친해진 느낌이 든다. 친구들의 고민을 알아서이기도 하지만 무엇보다 고민이 어느새 해결이 되어 버렸기 때문이다. 다른 사람들의 이야기를 존중해 주는 것은 참 중요하기 때문에 그 사람의 해결 방법을 나의 해결 방법과 비교해 보고 싶다. 이젠 저도 제 고민을 스스로 해결할 수 있어요. _ 정혜경

우리 또래의 눈높이로 나에게 맞게 해결해 주어서, 또 해결해 줄 수 있어서 다른 전문 상담가보다 훨씬 치료제가 된 것 같다. 이젠 '묻는다' '도와 달라'고 하는 것에 대하여 부끄러움을 느낄 필요가 전혀 없다는 생각이 들고 한마디로 카타르시스를 느꼈다. _ 김윤정

이렇게 복잡한 상황을 글로 써서 정리하고, 또 다른 이가 그 고민을 읽는 것을 보면서 아이들은 자기 문제와 거리를 두고 객관적으로 볼 수 있다. 그러면서 여유 있게 문제를 해결하기도 하고, 부족한 만큼 도움을 청하여 더불어 살아가는 협동 정신을 배울 수도 있다.
우리는 지식 교육과 더불어 어떻게 살 것인가에 대한 현실적인 방법

과 기술적인 문제를 껴안아야 한다. 아는 것은 지식의 문제이나 사는 것은 행동의 문제이기 때문이다. 아이들에게 스스로 자라날 수 있는 기회를 주자!

내 팔자는 내가
만든다

'팔자(八字)'를 국어사전에서 찾아보면 '사람의 한평생의 운수 혹은 분수'이다. 이렇게 언뜻 보기에 '팔자'는 부정적인 의미로 많이 쓰이며, 또한 고정불변이라 아무리 해도 바꿀 수 없다고 여겨진다. 우리가 흔히 쓰는 '팔자'가 들어간 말을 찾아보아도 그렇다.

무자식이 상팔자다
개 팔자가 상팔자
팔자가 세다
팔자가 더럽다
팔자가 사납다
팔자가 늘어졌다
팔자가 피었다
여자가 재주가 많으면 팔자가 세다

여자 팔자 뒤웅박 팔자

팔자에 없는 짓을 한다

아이들이 이 말을 쓰는 경우는 그다지 많지 않지만, 생활 속에서 울고 속상해 하는 모습을 보면 이 팔자타령과 크게 다르지 않을 것 같다. 자기 식대로 해석하고 믿으며, 멋대로 오해하면서 속 끓이는 모습은 '자기 팔자를 자기가 만든다.'는 말을 떠올리게 한다.

내 마음을 힘들고 불편하게 하는 상황들

수업 시작종이 치고 교실로 들어가서 얼마간의 시간이 지났는데도 아이들이 인사를 안 하기에 못내 섭섭한 듯이 혼잣말로 중얼거렸다.

"아이들이 나를 보고도 인사를 안 하니 아마도 나를 싫어하는가 보구나!"

갑자기 정적이 감돌면서 교실이 조용해졌다. 그래도 계속 혼잣말을 했다.

"나를 좋아한다면 모두가 책과 공책을 척 펴고 앉아 있어야 하지 않나……."

그러자 반장 건희가 대단히 억울하다는 듯이 말을 꺼낸다.

"선생님을 싫어해서가 아니고요. 선생님이 교탁에 바로 서 계셔야 인사를 하지요. 선생님은 늘 뒷문으로 오시거나, 들어오자마자 우리들 사이로 파고드시잖아요. 그러다 보면 수업을 언제 시작하는지도 몰라서 인사할 때를 항상 놓쳐요."

그러자 다른 아이들도 "앞 시간이 체육 시간이라 아직도 숨이 차고 더워서 그래요." "책 꺼내 놓기 귀찮아서 그렇지 선생님하고는 아무 관계가 없어요."라고 말한다.

"오, 그래? 난 또 너희들이 나를 싫어해서 일부러 그러는 줄 알았지. 그럼 이제부터는 너희들이 날 보고 인사를 안 해도 슬퍼하지 않아도 되는 거야?"

"그럼요, 그렇게 생각하시면 몸에 해롭지요."

"얘들아, 그런데 건희는 내가 교탁에 바로 서야 인사를 한다고 했는데, 이제부터는 선생님이 어디로 들어오든 어떤 모습으로 있건 그저 보이기만 하면 웃는 얼굴로 힘차게 인사를 해 주면 좋겠다."

"예!"

"자, 그럼 나는 그렇다 치고 여러분은 어때요? 어떨 때 힘들고 속상하고 슬퍼져요?"

내 질문에 아이들은 이렇게 대답했다.

- 할머니께서 나에게 잔소리하고, 차별하고 구박할 때
- 주머니에 돈이 없을 때
- 남자한테 차였을 때
- 벌레만 보면 무조건 소리 질러요.
- 내가 좋아하는 남자를 딴 여자가 좋아할 때
- 엄마 아빠가 부부 싸움 할 때
- 원하는 것을 노력해도 못 이룰 때
- 분홍색 소시지를 보면 역겨워요.
- 콧대가 너무 낮고 여드름이 많아서 창피해요.
- 동물을 구박하는 사람을 볼 때

- 친구들 앞에서 동생이 내 평소 버릇을 들추어낼 때
- 거짓말이 들통 났을 때

아, 생각을 바꾸면 느낌도 바뀌는구나!

마치 다투듯이 이러이러할 때가 싫다며 심지어 얼굴까지 찌푸리는 아이들을 보고 대체 왜 이런 부정적인 감정이 생기는지 나름대로의 이유를 물어보았다.

- 할머니들은 언제나 모든 손자 손녀들을 사랑해야 하잖아요.
- 주머니에 돈이 많이 들어 있어야 든든하잖아요.
- 남자한테 차이는 것은 못나고 자존심 상하는 일이거든요.
- 벌레는 언제나 사람에게 해를 끼치는 동물이잖아요.
- 내가 좋아하는 남자는 언제나 나만 좋아해야 한다고 생각해요.
- 엄마 아빠는 항상 서로를 사랑하고 자식들에게 싸우는 모습을 보여서는 안 돼요.
- 원하는 것이 모두 이루어졌을 때라야만 행복해요.
- 분홍색 소시지는 내 동생의 고추처럼 생겨서 동생 살을 먹는 것 같은 생각이 들어요.
- 콧대가 오똑하고 피부가 깨끗해야 미인이래요.
- 모든 동물을 사랑해야지요.
- 친구들 앞에서 나의 좋은 모습만 보여 주고 싶은데…….
- 거짓말은 나쁜 짓이니까요.

생각이 욕구를 만들고, 그 욕구가 충족되지 않으면 속상하고 화가 난다. 사랑도 자기 식대로 한다지만, 턱없는 이유와 믿음으로 자기 멋대로 해석하고 그리곤 자기 멋대로 속상해 하는 건, 아무리 봐도 길지 않은 인생에서 시간 낭비이자 정력 낭비이다.

"와, 그러한 이유로 그토록 마음이 불편하고 힘들다면 장차 죽을 때까지 이런 경우를 만날 때마다 항상 속상해 하며 속 끓이고 싶어요?"

"아니요!"

"그럼 어떻게 할 건데요?"

"……."

한참 동안 침묵이 흐른다. 그러다가 누군가 불쑥 큰 소리로 말했다.

"생각을 바꾸면 돼요."

"오호라, 생각을 바꾼다? 어떻게 바꾸면 될까요?"

그렇다. 부정적인 생각을 불러일으키는 감정의 밑바닥에 깔린 사고 방식을 다시 생각해 볼 필요가 있다. 그러한 상황마다 항상 얼굴 찌푸리며 자신을 힘들게 할 것인가? 잠깐이라면 몰라도 계속 그렇게 살 수는 없지 않을까? 더구나 그런 생각을 일으키는 이유를 차근차근 따져 보면 이는 고정관념이나 편견, 혹은 무지에서 오는 경우가 대부분이다.

'어떻게 하면 늘 기분이 나빠지는 현상을 바꿀 수 있을까?'라는 물음에 대해 '생각을 바꾸면 된다.'라는 이야기까지 나오자, 그다음은 순풍에 돛을 단 듯이 아이들 스스로 풀어 나간다.

"동물을 싫어하는 사람도 있는데 내가 좋아하니까 다른 사람도 꼭 좋아해야 한다는 생각을 하고 있었던 것 같아요. 그건 내 위주로만 생각한 탓이에요."

"저는 배고프면 어딜 가더라도 밥을 먹어야 한다고 생각했는데, 지금 못 먹으면 절대 못 먹을 수도 있다는 생각 때문이고요. 그리고 한 끼라도 밥을 안 먹으면 인생이 아깝다는 생각이 들었는데, 때로는 빵이나 라면을 먹을 수도 있고, 또 불가피할 때는 밥을 거를 수도 있다는 생각을 하니까 허기가 덜 느껴져요."

"닭 우는 소리는 늘 시끄럽다고만 생각했는데, 선생님께서 '암탉이 울면 알을 낳는다.' '암탉이 울면 새벽이 온다!'는 말씀을 하신 뒤부터는 오히려 닭 우는 소리를 좋아하게 됐어요."

"저는 나이가 많은 아이들은 나이가 적은 아이들보다 키가 더 커야 한다고 생각하고 있었는데, 그건 바보 같은 생각이에요."

"그렇다면 아까 선생님이 교실에 들어와서 여러분이 인사를 안 한다고, 아마 선생님을 싫어하는 모양이라고 생각한 것은 무엇에 문제가 있었던 걸까요?"

"선생님의 사고방식이요."

"그렇지요? '인사를 안 하면 선생님을 싫어하는 거다.'라는 내 생각이야말로 내 멋대로 만들어 낸 것이로군요."

"네, 맞아요!"

내 팔자는 내가 만들어 나간다

성격이란 상황을 해석하는 그 사람의 사고방식이다. 남 앞에 나서서 말하기를 꺼려하는 그 행동이 그 사람의 성격이라기보다는 남 앞에 나서기를 꺼리게 만드는 그 생각이 바로 그 사람의 성격인 것이다. 틀리거나 잘 못하면 창피하다, 사람들이 놀릴 것이다, 혹은 잘난 척한다고 왕따 당할 것이다 등 마음속에 품은 생각이 바로 남 앞에 나서기를 꺼리게 하는 행동의 결과를 이끌어 내어 성격으로 형성되는 것이다.

애써 나쁜 쪽으로 생각하여 자신을 비참하고 속상하게 만들 필요는 없다. 화가 날 때에는 왜 화가 났는지 그 이유를 차분히 생각해 보고, 그 이유가 터무니없는 억지나 무지에서 비롯된 것은 아니었는지를 다시 생각해 보자. 그러다 보면 그동안 나를 괴롭혀 왔던 많은 상황들로부터, 불필요한 걱정이나 분노로부터 벗어날 수 있다. 그리하여 늘 몸과 정신을 가장 좋은 상태로 만들어 주변 사람이나 일을 바르게 바라보고 합리적으로 대처할 수 있는 여유와 능력을 키울 수 있다. 걸핏하면 기분 나쁘고, 아니꼽고, 속상한 것 일색이라면, 그리고 매사에 뒤틀리고 편견 속에서 정신적으로 병들어 있다면 그 누구와도 의사소통을 하지 못한 채 스스로 고립되고 소외될 수밖에 없다.

내 운명은 타고나는 것이 아니라 내가 만들어 나간다. 달리 말하면 내 팔자는 내 생각을 힘 있게 바꾸어서 행복하게 만들어 나가면 되는 것이다. 성격을 바꾸면 팔자를 바꿀 수 있다.

남을 돋보이게 하는 능력 우리에게 있거들랑

말 한마디의 힘

아이들에게 '일생을 통하여 나에게 긍정적인 영향을 주었던 말'이 무엇이냐고 물어보면 대체로 학창 시절 친구들이나 선생님이 수업을 하던 중에 무심코 던진 말 한마디라고 답하곤 한다.

"학교 예술제 때, 무대에 나가기 전에 무섭게 떠는 나에게 친구가 '야, 뭘 걱정해? 너는 실전에 강하잖아.' 하는 소리에 갑자기 마음이 안정되어서 연주를 잘할 수 있었어요. 그리고 지금도 앞에 나가서 발표할 때는 '너는 실전에 강해!'라는 말로 저를 격려하곤 해요. 그래서 그런지 친구들이 저보고 떨지도 않고 발표를 잘한다고 많이 부러워해요."

"저는 나쁜 마음이 들다가도 담임 선생님께서 '지우야, 너는 마치 봄날같이 따스한 마음을 지니고 있구나!'라고 해 주신 말씀이 생각나서 사람들한테 잘해 주게 돼요. 그래서 지금 특히 여자들에게 인기가 많아요."

"책을 읽을 때 선생님께서 '은주는 발음이 분명하고 음량이 풍부해서 연극배우를 하면 좋겠다.'라고 하신 말씀 때문에 그 방면으로 적성도 있고 해서 저는 대학을 연극영화과에 가려고 해요."

"학교에서 엄청 아픈 적이 있었는데, 정말 좋아하던 친구가 '괜찮아? 많이 아파?'라고 말해 주어서 기쁨의 눈물이 주루룩 났어요. 아픔도 못 느낄 정도로 좋았어요."

"평소에 늘 무뚝뚝하다고 생각되던 담임 선생님께서 어느 날 친구들 앞에서 '명희는 손가락 끝이 뾰족하면서 살짝 올라갔어. 음, 아주 아름다운 손이야!'라고 말씀하시는 바람에 어찌나 당황했는지. 그리고 존경하던 선생님으로부터 받은 최고의 관심과 찬사라고 생각되어 하늘을 날듯이 기뻤어요."

칭찬과 격려의 말이 성장 과정에서 어느 정도 긍정적인 영향을 미치는지 잘 알려 주는 사례가 아닐 수 없다. 말 한마디의 힘은 생각 이상으로 크다. 때로 죽고 싶은 사람을 살게 하기도 하고, 절망에 빠진 사람에게는 지푸라기와도 같은 의지가 되며, 얼마나 자신감을 갖게 하는지 한 번이라도 겪어 본 사람은 알 것이다. 때에 맞는 따뜻한 말 한마디가 긴장을 풀어 주고, 은혜로운 말 한마디가 삶의 길을 평탄하게 열어 주며, 사랑의 말 한마디가 축복을 주는 것이다.

특히 우리 앞에는 외롭고 소외되어 사시사철 추위에 떠는 아이들이 있다. 늘상 쥐어박히고 타박 맞아 자기는 천하의 쓰레기요 인간 말종이라고, 그 열등감으로 도리어 세상과 사회를 들쑤셔 놓고 '나도 사람입네' 하고 목소리 높이는 처절한 아이들. 그 아이들이 그런 '괴물'로 성장하는 동안 과연 이 사회의 어른과 우리 교사들은 무엇을 하고 있었던 걸까?

다시 강조하지만 말 한마디의 힘은 생각 이상으로 크다. 우리 아이들이 가지고 있는 아름답고 좋은 싹을 발견하고 끄집어내어 자긍심을 지닌 인간으로 성장할 수 있도록 도와주자.

그놈 참 일꾼일세!

그러나 숨겨진 능력을 끄집어내 주어야 할 대상이 어찌 아이들뿐이겠는가. 동료 교사들끼리 주고받는 말을 보아도 어른과 아이가 별다르지 않음을 알 수 있다.

"어떤 문제 학생 때문에 날이면 날마다 고민하던 나에게 옆자리의 선생님이 '그 애가 선생님을 만난 건 평생의 행운일 겁니다.'라고 하신 말씀은 끝까지 그 아이를 포기하지 않게 한 힘이 되었습니다. 그 후에도 교직 생활을 하는 가운데 그 말은 얼마나 저 자신에 대한 믿음을 갖는 데 도움이 되었는지 몰라요."

"저는 성격이 소심하여 항상 열등감을 느꼈는데, 교무실의 동료가 '교사가 대범하면 아이들에게 상처를 줄 수 있어요. 선생님이 얼마나 섬세한데요.'라는 말씀에 용기를 얻고 더 이상 소심하다고 걱정하지 않게 되었어요."

"우리 집이 옛날부터 농사를 지었는데요, 어렸을 적에 집에 오신 손님이 일을 열심히 거들고 있는 나를 한참 바라보시더니 하시는 말씀이 '허, 그놈 참 일꾼일세!' 하시지 뭡니까. 그때는 그 말을 무심코 들었는데, 이후 교육 운동이다 사회 운동이다 하면서 생각해 보니 그때 그 어른이 하신 말씀이 아마 어린 가슴속에 자리 잡아 교육이나 사회 현장에서 일꾼이 되게 하셨던 게 아닌가 하는 생각이 듭니다."

"어느 날 교무실에서 어떤 선생님이 저한테 '김 선생님을 보면서 여자가 결혼을 하지 않고도 잘 살 수 있구나 생각하게 됐어요.' 하는 말을 듣고 무척 기뻤어요. 내 삶의 방식이 이해되고 존중받은 데 대해서, 그리고 그렇게 보이도록 애쓴 보람이 있어서요."

발견해 내자. 나에게서, 또 내가 만나는 다른 사람들에게서 빛나는 그 무엇을 찾아보자. 사랑이란 한없이 민감하고 섬세한 눈길의 또 다른 이름이다. 누군가를 사랑하는 사람들은 상대의 아주 작은 변화도 놓치지 않고 민감하게 감지해 낸다. 또한 아무리 사소한 장점도 마치 광맥을 찾듯 발견해 내어 그것을 자신의 기쁨으로 삼을 줄 안다. 그래서 그들 주변에는 늘 긍정의 에너지가 넘친다. 우리도 그들처럼 나 자신과 주변 사람들이 품은 빛남과 광채를 발견하는 능력을 키우고, 행여 그런 능력이 있거들랑 한껏 일상에서 뿜어내 보자.

지역 모임에서 자주 만나는 주부가 있었다. 우리는 곧잘 그 집에 가서 유쾌한 시간을 보내곤 하였는데, 예고 없이 여럿이 들이닥쳐도 금세 멋진 회덮밥을 차려 내거나 먹음직스러운 된장찌개를 내오곤 하였다. 그리 넓지 않은 베란다에는 온갖 꽃을 키우고 있었고, 집안 곳곳을 어찌나 쓸모 있게 꾸며 놓았는지, 게다가 여럿이 먹고 난 뒷설거지는 또 얼마나 빨리, 깨끗이 해치우는지 도우러 부엌으로 들어가 보면 어느새 말끔히 닦여져 있다.

"이렇게 빨리, 맛있게, 깨끗하게 요리하고 집안을 꾸려 가는 사모님은 이 분야에서 내가 알기로 최고의 주부예요. 너무나 유능하세요."

나중에 만났을 때 이분은 내게 말했다.

"저는 김 선생님이 그렇게 말해 주었을 때 얼마나 고맙고 기뻤는지 몰라요. 지금까지 뿌리 깊은 양반, 의성 김씨 집안에 시집와서 대접받지 못하고 꾸역꾸역 일만 하고 살아왔는데, 이까짓 일 좀 잘한다고 그렇게 '유능한 주부'라고 칭찬해 주니 내가 대단하다는 생각을 처음으로 하게 됐지 뭐예요."

불현듯 이 지역에서 교육 운동을 하다가 심장마비로 돌아가신 정영상 선생님이 떠올랐다. 정 선생님은 화낼 때는 너무 화내고, 기뻐할 때는 너무 기뻐하고, 슬퍼할 때는 또 너무 슬퍼하여 감정이 마치 투명한 거울과도 같이 정직하게 비치는 사람이다. 이분이 누구를 칭찬할 때면 또 얼마나 열성적으로 찬탄을 하는지, 듣고 있노라면 정말 자신이 썩 괜찮은 인물이라는 만족감에 절로 으쓱하게 만들곤 했다. 아무리 많은 사람들이 정 선생님을 사랑해도 조금도 질투가 나지 않는 그런 사람이다.

"세계와 인간을 이해해 가는 과정은 자기에게 관계없는 것처럼 보이는 것이 적어져 가는 것이다."라고 누군가는 말했다. 이해해 가는 과정이 곧 발견해 가는 과정이라고 하면 맞는지는 모르겠다. 거꾸로 하면 '발견하는 것'이 곧 '이해해 가는 것'이라는 등식이 성립된다. 발견은 내 스스로 할 수도 있지만 그러나 다른 사람이 발견해 낸 것을 통해 나도 비로소 다른 세계를 보게 되고, 그것이 곧 세계와 인간을 이해해 가는 과정으로 갈 수 있다.

특히 '사람 발견'에서는 누군가 도와주는 이가 필요하다. 우리들 주변에는 사람은 많아도 사람을 돋보이게 하고, 그 사람의 잠재된 능력을 발견해 키워 주는 사람들은 그다지 많지 않은 것 같다. 바로 그역할을 우리 교사들이 맡아야 하지 않겠는가? 사람들이 신명 나고살맛 나게 살 수 있도록 말이다. 숨은 아름다움을 발견하는 능력을발휘하여 상대에게 알려 줌으로써 살고자 하는 의욕을 가지게 하는 그런 사람, 그런 교사. 바로 우리가 그 방면에서 기술자가 되어야 하지 않을까? 그러기 위한 첫걸음으로 바로 나부터 나를 발견하고 격려하는 자세가 필요하다. 나의 건강한 행복을 위해 투자할 충분한이유가 바로 여기에 있다. 내가 건강하고 넉넉해야 다른 사람의 능력이 보이기 때문이다. 나부터 행복해지자.

난 아무 말도
안 했는데 왜 날
싫어하지?

흔히 우리는 사람을 대할 때 외모보다는 마음을 보라고 말하곤 한다. 옳은 말이기는 하지만 그 마음이라는 것을 알기까지는 상당한 시간이 걸린다. 더구나 일상생활 중에는 마음과 관계없이 사무적인 말만 나누며 지내는 경우가 얼마든지 있다. 그런데 말을 시작하기도 전에 벌써 상대방에게 좋은 느낌으로 다가간다면 이는 더할 수 없이 좋은 일 아니겠는가.

첫인상은 처음 마주친 순간 6초 정도 사이에 결정된다고 한다. 이렇게 새겨진 첫 느낌은 좀처럼 지워지지 않는다. 그 첫인상이 나쁘면 그 사람과는 나쁜 관계로 발전할 가능성이 큰 반면, 첫인상이 좋으면 그 사람과 평생 좋은 관계가 될 가능성이 더 높다. 그런데 그 인상이라는 것은 본인의 의사와는 관계없이 상대방이 일방적으로 자기 마음대로 갖는 느낌이다. 따라서 누가 말해 주기 전에는 평생 그것을 알 수 없는 경우가 많다. 다행히 주변에 애정을 가진 친구나 친지가 있어 안 좋은 면을 일깨워 준다면 자신의 결함을 인식하고 바꿀 수 있는 기회를 가지게 되니 다행스럽고, 좋은 평가를 받는다면 더욱 더 자신감을 가지고 인간관계에서 그 매력을 한껏 발휘할 수 있는 계기가 될 것이다.

매력적인 인상은 경쟁력 있는 자산이다. 특히 요즘처럼 이미지가 중시되는 시대에는 더 그럴 수밖에 없다. 따라서 좋은 인상을 만들기 위해 성장기 때부터 에너지를 기울이는 일은 장기적으로 대단히 값진 노력이라고 할 수 있을 것이다. 통신 언어조차도 문자만으로는 서로의 감정을 전할 수가 없어 이모티콘(emoticon)이라는 것을 쓰고 있지 않은가. 이모티콘은 '감정'을 뜻하는 이모션(emotion)과 '기호'를 뜻하는 아이콘(icon)의 합성어이다. 그만큼 인간관계에서는 감정을 나타내기 위한 표정의 형상화가 중요하다는 좋은 증거이다.

혜진이는 맨날 화난 얼굴이에요

얼굴은 비언어적인 방법으로 의사를 소통할 수 있는 가장 좋은 도구 중 하나이다. 특히 감정을 표현하는 수단으로서 얼굴 표정은 최고의 가치를 가진다. 그중에서도 눈은 사람 얼굴을 식별해 주는 주요 수단일 뿐만 아니라 사람의 표정을 읽고, 그 사람의 마음까지도 읽을 수 있도록 해 주는 탁월한 기관이다.

과거에 친구로부터 '너는 무언가를 골똘히 보고 있을 때는 꼭 노려

보고 있는 것 같아서 흉해.'라는 충고를 듣고는 며칠 동안 신경이 쓰이고 무안하여 화가 나기도 하였다. 그러나 지금 생각하면 얼마나 고마운 일인가. 기회가 된다면 주위 사람들에게 서로 자신의 인상에 대하여 물어보고 또 말해 주는 시간을 가지라고 권하고 싶다.

볼 때마다 기분이 언짢아지는 아이가 있다. 늘 무표정한 얼굴에 입을 쑥 내밀고 눈을 내리깔고 마치 선생님을 보는 일이 유감천만이라는 듯이 옆으로 비스듬히 쳐다보곤 한다. 게다가 질문을 하면 시선을 이리저리 옮기면서 이야기를 듣는 둥 마는 둥 하여 더욱 믿음이 안 가고 밉살스럽기 짝이 없다. 그래서 어느 날 공개적으로 말을 꺼냈다.

"혜진아, 나는 네가 늘 불만스러운 표정을 짓고 딴 데 쳐다보면서 묻는 말에 대답도 안 하고 해서 혹시 나를 싫어하는가 싶어서 기분이 안 좋다. 정말 그러니?"

"……."

"혹시 다른 사람한테서 그런 비슷한 말 들어 본 적 있어?"

"아니요."

그러자 아이들이 동시에 외친다.

"야, 혜진이 너, 맨날 화내고 있잖아."

"내가 언제?"

"표정이 없잖아. 아니, 있기는 있는데 늘 불만에 차서 인상 쓰고 있잖아. 그래서 너한테 말하기가 겁이 나."

"혜진아, 많은 사람들이 그렇다고 하면 분명 너에게 그런 면이 있는 거 아닐까?"

"그러고 보니 언니가 제 말투 때문에 화를 낸 적이 있어요. 괜히 '니, 나한테 시비 거냐? 아니면 뭐 불만 있냐?' 하면서요. 그래서 저도 막 화를 냈어요. 그런 거 없다고요. 우리가 싸우는 걸 보고 계시던 엄마가 '너, 사람 기분 나쁘게 하는 거 맞아.' 그러셨어요."

"봐, 네 표정이 그렇다니까. 입을 꽉 다물고 아래를 내려다보고 있을 때면 입 양쪽이 아래로 내려가고 눈꼬리도 처지잖아. 그러면 보는 사람이 너에게 좋은 기분이 안 든단다. 될 수 있으면 말할 때 상대방 얼굴을 쳐다보고 밝은 표정으로 말하면 훨씬 더 예쁘게 보일 거야."

"자, 그럼 또 누구 자기 인상에 대해 친구들의 솔직한 의견을 듣고 싶은 사람?"

그러자 소향이가 손을 번쩍 들고 나온다.

"저는요, 얼굴이 시커먼데다 애들이 맨날 나보고 화난 거 같다고 하면서 재수 없다고 해요. 말할 때 입도 쑥 나와 가지고 욕도 안 했는데 막 욕한다고 그래서 속상해요."

"정말 그런가? 친구들이 말해 줄래요?"

"소향이는 사람 쳐다볼 때 싸움하듯이 눈을 위아래로 번갈아 뜨면서 말해요."

"너는 지금도 말하면서 입이 이만큼 나와서 삐진 것같이 얘기하잖아."

"맨날 그래. 사람을 쳐다볼 때는 머리를 옆으로 휙 쳐들면서 눈을 째려보잖아."

"그리고 보통으로 말할 때도 꼭 흉보는 것처럼 입을 삐죽거리면서 말해."

그때 갑자기 "어, 소향이 운다!"라는 소리에 쳐다보니 어느새 소향이가 두 손으로 얼굴을 감싸고 훌쩍훌쩍 울고 있지 않은가. 그러자 교실은 잠시 침묵이 흐르다가 다시 말을 잇는다.

"그래도 소향이는 일단 말을 시작하면 되게 재미있어."

"그리고 웃을 때는 반달눈이 되어서 이쁘고 귀여워."

효리같이 반달눈으로 웃는 얼굴이 좋아요

"자, 그럼 선생님은 어떤지 말해 줄래요?"

"선생님은 효리같이 반달 모양으로 웃는 눈이 좋아요."

"어, 효리가 누구지?"

"가수요 가수! 핑클의 이효리 말이에요. 선생님이 효리처럼 이쁘다는 게 아니고 웃을 때 눈이 효리처럼 반달이 된다구요."

"선생님은 또 화가 나면 눈이 커지면서 꼬리가 올라가서 몸이 오싹해져요."

"한마디로 선생님은 눈 하나로 천국과 지옥을 왔다 가게 만들어요."

'요놈들, 표현 한번 죽여 주네!'

학년이 내려갈수록 아이들은 누구를 막론하고 화내는 것을 싫어하고 웃는 모습을 좋아한다. 심지어는 저희들이 잘못해서 꾸중을 들을 때도 선생님이 소리치고 화내는 것을 몹시 싫어한다. 어떤 인상을 가진 사람이 제일 좋으냐고 물을 때도 제일 먼저 똑같이 소리치는 말이 "웃는 사람이요."란다.

"눈가에 주름이 생기면서 이가 보이게 큰 소리로 웃는 사람이요."

아이들의 말에 순간 '웃을 때는 눈까지 웃어야 정말로 웃는 것'이라고 한 말이 떠오른다.

"그럼 우리 반에서 제일 인상이 좋은 사람이 누구일까?"

"은진이요!"

"은진이가 왜?"

"은진이는 눈도 동그랗고, 얼굴도 동그랗고, 입도 동그래요. 그래서 항상 웃고 있는 것 같아요."

"그럼 우리 학교 선생님들 중에서는 누가 가장 인상이 좋아?"

"바보 선생님이요, 과학 선생님!"

"응? 과학 선생님은 박사님이신데, 왜 바보지?"

"과학 선생님은 맨날 웃으세요. 그래서 우리가 바보 선생님이라고 불러요. 그 선생님은 화도 안 내시고, 인사하면 눈부터 먼저 웃으세요. 그래서 좋아요."

거울에 비친 저 무표정한 얼굴이 누구지?

거울을 보거나 길을 가다가 무심코 유리창에 비친 자기 얼굴을 보면서 순간 보기 흉하다고 느껴 본 경험이 있을 것이다. 못마땅하게 찌푸린 표정, 세상 어떤 것에도 관심 없거나 무언가를 비난하는 듯한 눈초리, 혹은 죄지은 듯 자신 없는 표정 등 무의식적으로 짓고 있는 자기 표정을 스스로 알고 있는 이는 드물다. 그러다 문득 우연한 기회에 자기의 평소 모습을 발견하곤 비로소 '아, 사람들이 왜 나를 안 좋아하는가.'를 깨닫게 된다. 동시에 나는 아무 말도 안 했는데 사람들이 왜 내게 호의적으로, 혹은 적대적으로 대하는지 그 이유 또한 한순간에 이해하게 된다.

"나는 환한 표정의 혜선이나 미영이를 보면 덩달아 나도 얼굴이 밝아진단다. 그리고 여진이나 지혜는 선생님이 말하는 내용에 따라 입도 눈동자도 같이 벌어질 정도로 표정이 진지해서 마치 내가 굉장히 좋은 선생님이 된 양 얼마나 신 나는지 모르겠어. 대체로 흥미로운 것을 보거나 상대방에 대하여 좋은 감정일수록 눈동자의 크기가 더 커지게 마련이거든. 그리고 형민이의 눈만 마주치면 뭔가 물으려는 듯 달려드는 활기찬 표정도 참 기운 나게 해 주더라."

그러자 형민이는 또 눈을 반짝반짝 빛내면서 묻는다.

"선생님 그런데요, 표정 말고도 말투도 굉장히 사람의 기분을 좋게도 하고 나쁘게도 하는 것 같아요. 그런데 아무래도 경상도 말이라서 우리가 무뚝뚝하게 보이지요?"

"말투나 억양은 파도처럼 말의 높낮이와 강약의 리듬인데, 내용과 분위기에 따라 오르내림이 적당하다면 오히려 경상도만의 매력을 느낄 수가 있지. 그런데 아까 소향이나 혜진이의 얼굴이 화난 것 같다고 했는데, 평소 말투가 좀 막대기로 푹 찌르는 듯하기는 하더라. 그렇게 불쑥 말하는 말투도 표정과 마찬가지로 상대방을 당황하게 하고 인상을 안 좋게 하지."

진정한 만남이 가능하기 위해서는 무엇보다 자기 자신을 정확히 아는 일이 중요하다. 자신의 생각이나 감정을 잘 읽어서 객관적으로 바라보고, 자신의 결함이나 문제를 솔직하게 인정하며, 나아가 다른 사람에게 편안하게 표현할 수 있을 때 자기 해방이 오는 것이다. 뿐만 아니라 열린 마음으로 상대방을 이해하고 받아들일 수 있게 되어 창조적인 만남을 가능하게 한다. 이때 표정 또한 중요한 언어의 하나라는 사실을 잊으면 안 되겠다.

우리말에 "호미로 막을 것을 가래로 막는다."라는 속담이 있다. 표정 하나만으로도 사람의 마음을 편안하고 열리게 할 수 있는데 괜한 오해를 살 필요는 없지 않을까? 아이들과의 대화를 통해 배운 것은 표정이 곧 마음이라는 것이다. 속마음은 전혀 그렇지 않은데 늘 인상을 찌푸리고 있거나 화가 난 것 같다는 말을 들었다면, 거울을 보고 웃는 연습을 해 보자. 표정뿐 아니라 자신의 삶도 바뀔 것이다.

"선생님의
마음을
말해 줄게."

선생님이
언제 행복해지는지
궁금하지 않니?

요즘은 자기를 알리는 게 미덕인 시대다. 기업이나 직장에서 신입 사원을 뽑을 때 필기시험은 없어도 면접은 반드시 있고, 그중에서도 자기소개를 통한 장점 알리기에 특히 높은 배점을 주고 있다. 그렇지만 이러한 목적으로 자신을 알리고 포장하는 기술을 배우기 전에 꾸미지 않은 자신의 평소 모습을 알리고 미리 적절한 정보를 주어 타인과 의사소통을 원활하게 하는 훈련을 한다면 매일 매일이 보다 투명하고 명쾌해지지 않을까? 특히 자신이 원하는 바를 바르게 알리는 것은 나 스스로는 물론 상대방에게도 매우 편리하고 부담을 줄여 주는 일이다. 더구나 그것이 나의 기쁨과 행복을 만들어 나가는 일일 때에는 더욱 적극적이고 능동적으로 자신을 알려 나갈 필요가 있다.

우리 교사들은 흔히 '나를 몰라준다.'며 아이들에게 곧잘 서운해 하고 속상해 한다. 그렇게 겪었으면서도 내 마음 내 기분을 이렇게 모르냐고 말이다. 그런데 아이들은 선생님의 기분을 잘 모를 뿐 아니라 도무지 선생님 개인에 대해서는 관심이 없다. 그저 선생님들은 으레 공부 잘하고 예의 바른 아이들을 좋아하겠지 하는 짐작이 있을 뿐이다.

아버지가 돌아가시고 상을 치른 뒤, 일주일 만에 학교에 나가 침울하게 수업을 했더니 아이들이 쓴 모둠일기에 이런 글이 써 있었다.

◎ 선생님은 변했다. 우리에게 웃지도 않고 말도 안 하신다. 선생님은 이제 더 이상 우리를 사랑하지 않으신다…….

선생님이 초상을 당한 사실은 부담임을 통해서 전해진 걸로 아는데, 거기에 대해서는 조금도 아는 척하지 않은 채 웃지 않는다고 변했다니. 아무리 아이들 말이지만 서운한 마음에 가슴 끓이고 있었다. 그러다가 위로 받고 싶은 마음을 말하기 평가와 연관 지어 기말고사 시험에 이렇게 출제를 하였다. '아버지의 초상을 치르고 오신 슬픈 선생님께 조의를 표하는 적절한 말을 두 문장으로 쓰시오.' 그리고 제출된 답안 가운데 재민이의 것은 이랬다.

◎ "선생님, 산 사람은 살아야 되지 않겠습니까. 기운 내십시오."

대부분이 "얼마나 슬프십니까? 우리가 있으니 기운을 내시기 바람니다."라고 썼는데, 재민이의 답안을 보고는 얼마나 배를 잡고 웃었던지. 그 후부터는 침울함을 거두고 아이들에게 웃어 줄 수 있었다. 아니, 저절로 웃음이 나왔다.

애들아, 선생님을 행복하게 해 주렴

살아가면서 주변에서 조금씩만 협조해 주면 하루하루를 기분 좋은 상태로 지낸다는 게 그리 어렵지만은 않다. 단, 내가 무엇을 필요로 하고 좋아하는지 미리 알려야만 한다. 더구나 만나는 대상이 아직 미숙한 아이들의 경우라면 알아서 무언가를 해 주길 바라면 안 된다. 내 경우엔 내가 어떨 때 즐겁고 기쁜지, 그리고 무엇을 좋아하는지 나에 대한 정보를 평소에 구체적으로 알려 주는 편이다. 이는 아이들에게도 좋은 기회가 된다. 자연스럽게 다른 사람에게 다가가는 법을 익히고, 상대의 마음을 즐겁게 할 수 있는 표현을 배우도록 하여 서로를 기분 좋게 만드는 의사소통이 이루어지면 결국은 학습 효과를 극대화시키는 데까지 이를 수 있는 것이다. 그 가운데 하나로, 나는 종종 아이들에게 내가 좋아하는 이름으로 나를 부르게 한다.

"여러분, 나를 '명희 선생님'이라 불러 주면 좋겠어요. '명희'라는 말에는 '사랑'이, '선생님'이라는 말에는 '존경'이 담겨 있어서 나는 참 좋아해요."

아이들은 처음에는 주저하다가 점점 익숙해졌다. 그러다 한번은 교무실에 들어와서는 출입구 쪽에 앉은 선생님께 "○○ 선생님, 명희 선생님 어디 계세요?" 하는 바람에 그 선생님으로부터 불호령이 떨어졌다.

"이놈, 어디 선생님 이름을 함부로 부르고 있어!"

교감 선생님도 합세하여 아이를 교무실에서 크게 꾸중하셨다. 보다 못한 내가 다가가 설명을 했다.

"선생님, 제가 그렇게 불러 달라고 부탁한 겁니다."

"그렇게 가르쳐서는 안 되지요. 선생님은 존경의 대상이지 친구가 될 수는 없습니다. 어떻게 선생님의 이름을 부르도록 시킵니까?"

그런 일이 있은 뒤부터는 아예 아이들에게 당부를 했다.

"얘들아, 나한테 그렇게 불러 달라는 거지 모든 선생님들께 그렇게 부르면 기분을 상하게 할 수도 있단다. 그러니 다음부터는 그렇게 부르고 싶은 선생님이 있으면 그 선생님께 가서 직접 허락을 얻도록 하렴."

며칠 뒤 어떤 아이가 옆자리의 수학 선생님께 와서 살짝 묻는 것을 보았다.

"저어, 우리 반 아이들이요, 선생님께 '철수 선생님'이라고 불러도 되냐고 물어보래요."

"그러엄, '수야 선생님'이라고 불러도 돼."

초등학교에 근무하는 내 친구는 자기를 아예 '쨍쨍'이라고 불러 달라고 하여 아이들과 친근하기가 이루 말할 수 없다. 아이들의 일기를 보아도 교사와 학생 간의 친밀함을 짐작할 수 있다.

╰ 쨍쨍이 김건모의 노래를 틀어 주서서 함께 춤을 추었다. 너무 재미있었다. 쨍쨍, 우리 다음에 또 노래 틀고 춤추지요? 알았지요? 종일이는

산수 시간에 모르는 게 있으면 "쨍쨍, 모르겠어요." 한다. 우리 반 아이들의 여러 가지 색깔 팬티에서는 찌릉내가 난다. "쨍쨍 팬티는 무슨 색깔이에요?" 하자 쨍쨍은 "내 팬티는 파란색. 소문 내지 마." 하셨다.

내가 받고 싶은 '스승의 날' 선물은

'스승의 날'이면 교사도 아이들도 참 곤란하다. 국가적으로 이런 날을 아예 정해 놓았으니 애써 의식을 안 하려 해도 안 할 수 없는 일. 에라, 기념일을 아예 기정사실로 인정하고 내가 먼저 요구를 하자고 결단을 내렸다.

"얘들아, 너희들 스승의 날 걱정되지? 무엇을 해 드릴까 하고 말이야."

"예. 선생님은 뭘 받고 싶으세요?"

"응. 나, 받고 싶은 게 있는데 해 줄 수 있을까?"

"뭔데요? 너무 어려운 거 아니면 돼요."

"나는 너희들이 1번부터 끝번까지 편지를 쓴 걸 파일에 넣어서 들꽃 한 다발과 함께 주면 행복하겠어."

그러자 스승의 날 아침에 진짜로 반 전체가 한 명도 빠짐없이 편지를 써서 파일 한 권을 만들어 씀바귀, 붓꽃, 민들레, 애기똥풀 같은 들꽃과 함께 내미는 게 아닌가.

편지에는 '선생님이 무엇을 받고 싶은지 말씀해 주셔서 무엇을 고를까 고민하지 않아서 참 좋았어요. 그런데 들꽃은 금방 시들기 때문에 학교 오는 길에 꺾느라고 예쁘게 포장할 시간이 없었어요.'라는 구절이 있었다. 당연히 기쁘고 즐거웠다.

내가 받고 싶은 선물을 말하고 아이들이 그것을 준 것처럼, 나도 평소에 아이들에게 해 줄 수 있는 선물이 뭔지, 어떻게 해 주면 기분이 좋은지 그때마다 말하라고 했더니 이후로 아이들은 틈만 나면 말한다. 그리고 나 역시 될 수 있으면 그러한 선물을 주어 아이들을 기쁘게 한다.

> "선생님, 하얀 주름치마 자주 입고 오세요. 그 옷 보면 기분이 좋아져요."

> "저를 부르실 때 그냥 '영주'라고 안 하고 '우리 영주'라고 불러 주셔서 저는 그게 선물이에요."

> "그저 큰소리나 치지 않으면 좋은 일 하시는 겁니다."

> "선생님, 한 달에 한 번씩 야외 수업해요. 그리고 한 시간 내내 책읽기만 하는 것도 해요."

안팎으로 건강하고 아무 문제가 없을 때에 서로에 대한 정보를 주고받으면 그저 사실 그대로 전해지므로 아무런 오해나 곡해가 있을 수 없다. 평소에 운동을 하면 몸이 더욱 좋아지듯이 마음이나 정신도 병이 나기 전에 문을 열어 놓고 깨끗하게 뿜어내면 더욱 좋아지고 건강해지는 것이다.

산에 불을 지른다—!

나는 고등학교로 진학한 영민이가 작년 스승의 날에 보내 온 편지의
한 구절을 잊지 못한다. 늘 입버릇처럼 나뭇잎 타는 냄새를 맡으면
기분이 좋아지고 삶의 의욕이 넘친다고 한 내 말을 잊지 않고 영민
이는 편지에 이렇게 썼다.

> 며칠 전에는 교실에서 운동장을 내려다보고 있다가 저기 있는 낙엽
> 을 쓸어 모아서 우리 학교 운동장에 갖다 놓고 태울까 하고 애들이랑
> 생각한 적이 있습니다.

아, 영민이는 아직도 자기가 졸업한 학교를 '우리 학교'라고 부른다.
고등학교에 진학해서도 운동장의 낙엽을 보고는 무의식중에 저것
을 태우면 선생님이 기뻐하실 거라는 생각을 했다는 말이 아닌가!
세상에, 어느 편지가 이토록 아름답고 사랑스러울 수가 있을까. 나
도 모르게 눈에 눈물이 고이면서 몸에 행복한 전율이 일었다. 세상
에, 더 이상 좋을 수가 없다!
이 낙엽 타는 냄새와 관련해서 또 하나의 행복했던 경험을 빠뜨릴
수가 없다. 그날따라 하루 종일 들어가는 반마다 속상한 일이 많아
서 우리 반에 종례하러 들어가서도 내게 주목하지 않고 떠들고 있는
아이들을 향해 간신히 참으며 말했다.

"내가 오늘 하루 종일 화가 많이 나 있어. 그러니, 너희들이 나를 좀
기분 좋게 해 줘."
교실에 잠시 적막감이 흐르더니 불쑥 한 놈이 거침없이 내지른다.

"산에 불을 지른다—!"

"으응? 산에 불은 왜?"

"그러면 며칠이라도 선생님, 나무 타는 냄새 맡을 수 있잖아요."

"뭐라고?"

"산에 불을 지르면 좋은데, 그게 안 되면… 그러면, 선생님 차 '억척이' 뒤 칸에다가 젖은 모래를 큰 깡통에 넣고 낙엽을 태우면 차 타고 가면서도 계속 나뭇잎 타는 냄새 맡을 수 있잖아요."

이 기상천외한 말에 적어도 5분간은 눈물을 흘리며 웃었을 거다. 그리곤 언제 화났었더냐 하며 평상으로 돌아가 종례를 온전히 끝낼 수 있었다.

적극적으로 자신의 정보를 알리는 것은 나 자신을 위해서는 물론이요, 상대방을 위해서도 중요하다. 그리고 때로는 상대방의 난처함이나 나의 섭섭함을 사전에 피하는 방법이기도 하다. 매일 반복되는 일상 속에서 보다 즐겁게 내 삶을 꾸려 가기 위한 능동적이고 적극적인 자세는 나를 위해 베푸는 가치 있는 투자이다. 동시에 이러한 진실한 표현은 서로를 배려하고 관계를 상승 발전시키는 즐겁고도 높은 차원의 기술이라 말하고 싶다.

그때 그렇게
말했어야 했는데

종례 시간에 무려 30분이나 심금을 울리는 훈화를 했다고 믿으며 흐 못한 마음으로 교실 문을 나왔다. 마치 외과의사가 환자를 수술할 때처럼 그렇게 온 정신을 집중하여 지극정성으로 훈화에 임했으니 담임의 온정 넘치는 마음을 충분히 알았을 거라는 믿음을 안고 말이 다. 그렇게 계단을 내려오는데 철가방을 든 중국집 배달원이 올라오 더니 교실을 향하여 들어가는 게 아닌가. 알고 보니 아이들은 거의 매일 저녁에 단체로 자장면을 시켜 먹었던 것이다. 화가 머리끝까지 난 담임은 자장면을 압수하고 너희들이 어떻게 나한테 그럴 수가 있 느냐고 아까보다 몇 배나 더 긴 훈화를 하며 단체 벌까지 세웠다.

화를 내는 이유를 알고 보면

이 일화는 얼마 전 우리 지역의 어느 고교 3학년 선생님이 모임에 나와서 해 준 이야기였다. 요지는 '아이들이 학교에서 자장면을 시켜 먹는다는 일은 있을 수 없는 행위'라는 것이다. 그 선생님이 돌아간 뒤 우리는 아이들이 왜 학교에서 자장면을 시켜 먹으면 안 되는지에 대하여 교실에서 벌어지는, 혹은 벌어질 상황을 역할극으로 재연해 보았다.

"선생님, 학교에서 자장면 시켜 먹으면 왜 안 돼요?"

"교칙 위반이야."

"그런 교칙도 있나요? 그리고 그게 왜 교칙 위반 사항이 되어야 하나요?"

"너희들은 돈도 못 벌잖아."

"용돈 있어요. 엄마가 식은 도시락 먹는 것보다 뜨겁고 맛있는 것 사 먹으라며 주셨어요."

"교실에 음식 냄새 나잖아."

"그럼 도시락을 싸 와서 먹으면 냄새가 안 나나요?"

"먹고 싶어도 돈이 없어 못 사 먹는 친구가 있다면 열등감 생기지 않겠니?"

"그럼 전부가 다 사 먹을 수 있으면 해도 돼요?"

"단 한 명이라도 공부하는 데 방해된다고 느낀다면 그건 피해를 끼치는 거지."

이런 과정을 거치는 것은 문제에 대한 합당한 이유와 해결책, 그리고 자신의 부정적인 감정 속에 똬리를 틀고 있는 불쾌감의 실체를 찾을 수 있기 때문이다. 그런데 불쾌감의 실체를 찾아 나가다 보면 놀랍게도 뚜렷한 명분이나 합리적인 이유가 아닌, 오랜 편견이나 고

정관념에서 비롯된 것임을 깨닫게 될 때가 많다.

늦게라도 할 말은 하자

우리는 흔히 그 자리에서 당장 의사 표현을 하지 못하면 무능하거나 약하게 보이지는 않을까, 혹은 영영 기회를 잃어버리는 것은 아닐까 하는 걱정과 두려움을 가지기도 한다. 그러나 시간이 지나 그때 겪은 상황에서 감정을 제대로 표현하지 못했다는 이유로 자신에게 화를 내고 좌절하는 것이야말로 위험한 일이다.

결국 그날의 역할극은 아이들을 공격하는 모습이 아닌 '나'를 알리는 것에 초점을 맞추어야 한다는 결론에 이르렀다. 이를테면, "얘들아, 난 옛날에 학교 다니면서 이런 적이 없어 몹시 당황스럽다. 우선 너희들이 내 말을 귀담아 듣지 않아 선생님으로서 무시당한 것 같아 화가 난다. 그리고 교실은 우리 모두가 함께 공부를 하는 공공장소인데, 너희들 중 대부분이 원한다고 해서 사적인 공간처럼 사용한다는 것이 언짢아. 일단 교실의 공적인 기능을 존중해 주어야 하지 않을까?"와 같은 식으로 말한다면 아이들은 적어도 자신들의 행동에 선생님이 화가 난 이유를 알 수 있지 않을까. 그리고 그로 인해서 교사와 학생은 서로 화를 낸 이유가 적합한지, 또는 합리적인지에 대하여 더 이야기를 나눌 수 있는 여유를 가질 수 있을 테니 말이다.

기분은 나쁜데 어떻게 말해야 할지 모르겠어요

상대가 의도를 했든 안 했든 상대방의 말이나 행동이 모욕적으로 느껴지거나, 여린 가슴을 불시에 기습하여 상처를 주었을 때 우리는 대체로 화부터 내거나 혹은 당황해 하기 일쑤다. 게다가 우리는 살아가면서 언제 어디서 모욕이나 상처를 주는 말을 들을지 모른다. 이럴 때 불편한 마음 상태를 그대로 방치해 둘 수는 없기 때문에 그런 자신의 상태를 잘 드러내어 알려야 하지만 공격적이지 않으면서 단호하게 나를 표현하는 것이 쉽지는 않다.

수업을 마치는 종이 울리면 아이들은 수업을 채 마무리하기도 전에 부스럭거리며 주의가 산만해지곤 한다. 늘 가볍게 주의를 주거나 그냥 넘어가곤 했는데 어느 날은 참다못해 벌컥 화를 내었다.
"너희들 정말 혼 좀 나 볼래? 가만 보니 수업 태도가 아주 버릇없고 제멋대로야!"
그러자 아이들은 아이들대로 억울하다는 듯이 "종 쳤잖아요-!" 하는 것이 아닌가.
"뭐야? 종 쳤다고 선생님이 아직 나가지도 않았는데 책을 집어넣고 마음대로 일어서?"
"……"
상황이 이렇게 되니 매번 그 반에서는 기분이 상할 대로 상해서 교실을 나오곤 했다. 그러나 지금은 일단 이렇게 시작한다.
"종은 쳤지만 나는 하던 말을 마무리하고 끝내고 싶은데 너희들이 마치 수업 다 끝난 듯이 자리를 이탈하니 꼭 나를 무시하는 듯이 여겨져 기분이 나쁘고 짜증난다."
내가 이렇게 말하니 아이들도 더 이상 볼멘소리를 하지 않고 나름대로 합당한 이유를 설명한다.

"다음 시간이 체육 시간이라서 옷 갈아입어야 돼요."

"음악 시간에 실기 평가하기 때문에 쉬는 시간에 연습해야 돼요."

"배가 고파서 빨리 식당에 가서 줄서서 밥 먹으려고요."

오해의 여지가 없는 것이다.

어떤 말이나 행위에 대하여 마땅치 않을 때 냅다 "너 왜 그래!" 하고 나오면 그 행위의 옳고 그름을 떠나 적대감과 함께 자기 방어의 심리가 작용하여 일을 그르치게 된다.

'너의 그 말이나 행동이〔사실〕나에게 어떤 구체적이고 명백한 영향을 주었으므로〔이유와 원인〕나는 기분이 상했다〔감정〕'라는, 다소 순서는 바뀌더라도 이런 식의 기본적인 공식을 밟아서 말하는 것은 중요하다. 특히 '구체적으로 어떤 명백한 영향을 주기 때문에'라는 부분은 상당히 중요한 지적이다. 우리는 흔히 마땅치 않은 상황을 접했을 때, 저 사람이 내가 싫어하는 거 뻔히 알면서 일부러 저런다고 생각하는 경향, 즉 '다 알 것이다.'라고 턱없이 예단하는 어리석음을 가지고 있다. 평생을 같이 산 부부나 친구 사이에서 의외로 이런 경향이 더 두드러진다. 오히려 가깝거나 오랜 친분 관계에서 돌이킬 수 없는 오해와 갈등이 많은 것도 이와 같은 연유에 있을 것이다.

"선생님 저는요, 유치원 때부터 알아 온 제일 친한 친구가 있는데요, 어느 날 그 친구하고 길을 가면서 사과를 먹고 있었거든요. 그런데 친구가 갑자기 '뭐 이런 걸 먹고 있노!' 하면서 내가 먹던 사과를 탁 쳐서 사과가 땅에 떨어졌어요. 그때 되게 기분이 나빴더랬어요."

"그래서 너는 그 자리에서 화를 냈니?"

"아니요. 꼭 내가 짐승이 된 거같이 무안하고, 그래서 얼굴이 빨개지고 가슴이 막 벌렁벌렁하기만 하고 아무 말도 못 했어요. 아마 그 친구는 내가 화났다는 것도 모를걸요."

"그 친구와는 지금도 만나니?"

"아니요. 그 애는 늘 그런 식이기 때문에 점점 거리가 멀어져서 지금은 잘 안 만나요."

"그럼 지금 다시 그런 상황이 일어난다면 어떻게 할래?"

"야, 기숙아! 니가 인간적으로 나를 무시하고 모욕했어. 그때 내가 얼마나 수치스러웠는지 몰라. 똑같이 나도 너한테 복수하고 싶을 지경이야."

"정말 그렇게 할 수 있겠어?"

"예, 할 거예요. 그 애는 자기가 얼마나 사람을 무시하는지 몰라요. 그래서 얼마나 사람 마음을 아프게 하는지를 알아야 해요."

비록 시간이 많이 지났다 하더라도 자기 자신에게 긍정적인 감정을 가지게 하는 일은 언제 해도 늦은 것은 아니다. 오히려 나를 억누르던 힘든 상황을 마침내 말로 표현했다는 기분 좋은 해방감과 자존감을 느끼며 새로운 인간관계에 도전할 용기가 생기기도 한다.

정면 돌파의 힘

한 인간으로서 자신의 가치가 거부당하고 손상당했다고 여겨질 때 사람들은 말할 수 없는 자괴감과 열패감에 빠져 부정적인 감정을 경험하게 된다. 문제가 생겼을 때 적극적인 대응을 하는 까닭은 나를 힘들게 하는 어떤 몹쓸 사람을 변화시키고 싶은 바람보다는 나 자신이 좀 더 좋은 감정을 느끼며 평온한 일상을 보내기 위해서가 아닐까? 즉 내가 편하고 싶기 때문이다. 그러기 위해서는 무엇보다 자신에게 솔직해야 한다. 그리고 문제의 상대에게 정중하고도 단호한 반응을 보여야 한다. 이를테면 다음과 같이 말이다.

> "네가 나를 원숭이라고 했니? 그 말이 농담이 아니라면 나를 조롱하고 무시하는 걸로 여겨지는데, 상당히 불쾌하다. 아닌가?"

"네가 선뜻 대답하지 않는 것을 보면 나를 못 믿는 것 같다는 생각이 들어 기분이 안 좋구나."

"황 선생님, 아까 제가 선생님께 시간을 빌려 달라고 해서 혹시 언짢으셨어요? 다른 선생님들은 학년 말에 수업을 안 하는데 저만 남의 시간 빌려서까지 한다고 좀 비꼬듯 말씀하시는 것 같아서요."

상대방의 말이 모욕이나 조롱으로 들릴 때, 구체적인 이유와 함께 그에 대한 자신의 감정을 명확히 밝히는 것이 좋다. 이때 상대가 했던 말을 되묻거나 설명을 요구하는 방법은 상당히 유익한 점이 있다. 자신의 자존심을 지킬 수 있을 뿐만 아니라 상대방에게도 의도를 밝히고 해명할 기회를 주어 오해로 인해 생길 수 있는 불필요한 분노를 피할 수 있기 때문이다.

정면 돌파야말로 능동적으로 자신을 지키고, 또 적극적으로 주변의 인간관계를 원만하게 만들어 나가고자 하는 성숙한 태도이다. 이는 관대하면서도 사랑이 깊은 사람만이 지닌 능력이라고 할 수 있다.

며칠 전에도 아이들은 단호한 몸짓으로 이렇게 말했다.

"선생님, 선생님이 교탁을 탁 치면서 큰 소리를 내면 깜짝 놀라서 알던 것도 까먹고 말을 못 하잖아요. 그러면 선생님은 또 대답 안 한다고 야단치시고, 그래서 점점 더 말을 못 하게 돼서 속상하고 화가 나요. 우리는 생각할 시간이 필요해요. 그러니까 질문해 놓고 딱 30초만 기다려 주세요. 아셨죠?"

교사의 언어생활은 어느덧 아이들에게도 전해져서 그대로 돌아온다. 아이들이 이렇게 말하여 자신의 존엄을 지키고 관계 상승을 위해 적극적으로 표현하는 모습을 보니 그들이 정말 사랑스럽고 우호적인 동지로 보인다. 그러기에 나도 아이들을 더욱 존중할 수밖에 없다.

말 한마디에
마음의 빗장문이
열린다

그 옛날 나빴던 경험이 반면교사다

중학교 1학년, 서울로 유학을 가 낯선 환경에서 3월을 보내고 있던 때였다. 영어 선생님이 들어오셔서 교과서를 읽는데, 안 그래도 얼굴이 고와 홀려 있던 터에 생전 처음으로 유창한 외국어를 들으니 앞에 서 있는 선생님이 황홀하도록 예쁘고 신기하게만 보였다. 그래서 나도 모르게 '헤에' 하며 웃었는데 갑자기 선생님께서 책 읽는 것을 멈추고는, "너, 나와!" 하시더니 나의 뺨을 힘껏 날리는 것이었다. 순식간에 일어난 일인 데다 변명할 틈도 없이 복도에 나가 서 있으라는 바람에 나는 그저 추운 복도에서 한 시간 동안 수치감 속에 떨기만 했다. 그러나 추위와 수치감보다도 더한 것은 '대체 내가 왜 맞았을까?' 하는 의문이었다. 감히 그 이유를 물어볼 수는 없었지만. 지금 교사가 되어 생각하니 선생님이 그때 '너 왜 웃었니?'라고 한마디만 물었어도, 아니면 '얘, 책을 읽는데 네가 웃으니까 마치 나를 무시하는 것 같아서 기분이 안 좋다.'라고만 하셨다면 적어도 변명이나 해명은 할 수 있지 않았을까 싶다. 그랬다면 이후 영어 시간이 얼마나 즐거웠을까!

또 한번은 고등학교 때 생활관에서 1주일간 실습을 했을 때였다. 하교한 즉시 도시락을 부엌에 갖다 두어야 한다는 규칙을 깜박했던 탓에 이튿날 아침 일찍 몰래 부엌에 도시락을 갖다 두고 나오려는 참이었다. 갑자기 사감 선생님이 나오시기에 깜짝 놀란 나는 얼른 고개를 움츠리며 방으로 가려고 했다. 그런데 뒤에서 냅다 큰 소리로, "아침에 선생님을 만났는데 인사는 안 하고 저 먹을 도시락만 챙겨?"라고 하며 모두가 모인 자리에서 무려 한 시간이나 노발대발 꾸중을 하시는 게 아닌가. 겨우 풀려난 아이들의 투덜거림에 나는 얼굴을 들 수 없을 정도로 미안하고 또 무안했다. 그리고 선생님이 무섭고, 한없이 억울하였다. 단지 도시락을 늦게 가져온 게 죄송스러워 상냥하게 인사를 못 한 것이었는데 친구들 앞에서 못돼 먹은 아이라고 꾸중을 들은 것이 너무나 서러웠다.

선생님들은 학생들에게 한마디 이유라도 물어보면 안 되는 걸까? 선생님들은 자기가 왜 기분이 안 좋은지를 차근차근 말 좀 해 주면 안 되나? 대체 왜 화만 내는 거야? 지금의 아이들도 선생님께 이런 불만과 의구심을 가지고 있을 것이다. 내 학생 시절의 억울하고 속상했던 경험이 그대로 나의 학생들에게 대물림되고 있지는 않은지 자신의 경험을 거울삼아 곰곰이 생각해 볼 일이다.

미안하다 말하기가 그토록 어려운가?

오래전, 밤 11시까지 야간 자습을 하던 여자 고등학교 3학년 교실에서 있었던 일이다. 피로와 어두운 침묵으로 가득 찬 교실, 이 한 시간만 지나면 드디어 집에 갈 수 있다는 생각에 마지막 힘을 내며 교실로 들어선 순간, 유난히 깨끗한 교실과 교탁 위에 단정하게 놓인 분필통을 보자 기분이 유쾌해졌다. 게다가 분필통 안에는 알록달록 예쁜 껌 종이로 옷을 입힌 분필들이 한 상자 가득한 게 아닌가. 낭만도 사랑스러움도 사라져 가던 고3 교실에서 모처럼 따사로운 사람 냄새를 맡은 것 같아서 기분이 무척 좋았더랬다. 그런데 마음과는 달리 무심결에 내 입에서 나온 소리는 이랬다.

"뭐야 이거, 고3이! 시간이 얼마나 많이 걸릴 텐데!"

그리고는 돌아서서 무심히 칠판에 제목을 적고 있는데 갑자기 뒷자리에서 소란스러운 소리가 들렸다. 순간 '아차!' 싶었지만 이미 엎질러진 물이었다. 저 뒷자리에 앉아 있던, 늘 말 없고 공부를 잘하던 한 아이가 넓은 교복치마를 한껏 펄럭이면서 쿵쿵 소리를 내며 앞으로 나왔다. 그리고는 휘익 분필통을 집어 들고선 다시 쿵쿵 제자리로 돌아가는데, 그런 무례한 모습을 아이들도 처음 보았는지 교실은 죽은 듯이 조용하였다. 순간 나는 속으로 생각했다.

'수업이 끝날 때까지는 사과해야지.' 못 했다.

'교실을 나갈 때까지는 사과해야지.' 또 못 했다.

'아이들이 하교할 때까지는 사과해야지.' 역시 못 했다.

'졸업할 때까지는 사과해야지.' 결국 못 했다.

지금까지도 못 하고 있다. 그 아이의 이름도 모른다. 굵은 테의 안경을 쓰고 말수가 적던, 지금은 아이 엄마가 되고도 남았을 아주 오래 전의 제자. 시간이 20여 년이 지난 지금도 그때의 일을 생각하면 부끄러움과 죄책감으로 가슴이 쓰리다. 찾을 길이 없으니 기껏 지금 가르치는 나의 학생들에게 나의 지난 과오를 이야기해 주는 것으로 참회를 할 뿐이다.

비언어적 행동을 읽어 내는 여유와 사랑

학생의 표정이나 사소한 몸짓 하나, 그리고 소리에 담긴 빛깔과 냄새, 감정, 분위기 같은 비언어적 행동을 섬세하게 읽어 내기에는 교사로서 나이가 너무 어린 이십대였다고 하면 스스로 위로가 될까? 아니다. 아직 인간을 제대로 사랑하지 못했기 때문이다. 상대방의 말과 행동이 무엇을 담고 있는 것인지를 알아내는 데에는 뛰어난 시각이나 청각이 필요한 게 아니다. 인간에 대한 기본적인 예의와 사랑이 필요할 뿐이다. 곧 '마음'이 있으면 된다. 마음으로 바라보고 다가갈 때 비로소 우리 아이들을 포함하여 모든 인간과의 진정한 의사소통이 이루어지는 것이다.

며칠째 목감기로 말하는 데 곤란을 겪으며 힘들게 수업을 하고 있던 어느 날, 책상 위에 약국에서 제조한 약 봉투와 함께 편지가 놓여 있었다. 오랜 세월 내게 위안과 행복을 준 미영이의 글귀를 지금도 한 글자 안 틀리고 외울 수 있다.

    용돈을 모아서 선생님의 감기약을 샀어요. 선생님, 부디 약 잘 챙겨

드시고 얼른 나아서 우리들에게 아름다운 목소리를 들려주시기 바랍니다.

얼마나 고운 마음인가. 그런 아이들 덕분에 내가 오히려 철들고 넉넉해졌으니 아이들이야말로 나의 영원한 스승인 셈이다. 그 마음은 결국 아이들에게로 다시 돌아간다. 어느 날은 수업이 빈 1교시에 정원이 아름다운 학교 교정을 거닐고 있는데, 별관 옆 나무 사이에서 고개를 양 무릎 사이에 파묻은 채 흐느껴 울고 있는 학생을 보았다. 한참을 보고 있어도 울음을 그치지 않기에 아이의 옆에 앉아서 들먹이는 어깨에 손을 지그시 올려놓고는 잠자코 기다렸다. 그렇게 얼마간의 시간이 흐르고 난 뒤 아이는 눈물, 콧물을 옷소매로 휙 닦더니 '고맙습니다!'라며 꾸벅 절을 하고는 들어갔다. 몇 학년인지 이름이 무엇인지도 모르지만, 이후 복도나 계단에서 유난히 인사를 공손하게 하는 학생이 혹 그날 아침 서럽게 울던 아이가 아닌가 생각된다. 내가 한 일이라고는 단지 옆에 앉아서 어깨에 손을 얹고 기다려 준 것 뿐이다.

그러나 사실은 바쁜 일상생활 속에서 말로 표현하지 않아도 내 생각이나 감정을 정확하게 알아주는 사람은 그다지 많지 않다. 대개의 경우 자기가 믿고 싶은 대로, 또는 자신에게 유리한 쪽으로 해석하는 경향이 더 많다. 중요한 것은 상대방의 비(非)언어나 반(半)언어에 대하여 내가 '인식'하고 있다는 사실을 알려 주어야 한다는 것이다. 그리하여 서로가 초점이 어긋나지 않도록 관계를 지속, 발전시키고자 하는 노력을 기울일 필요가 있다.

한번은 거의 일주일 동안 말도 않고 여고생 특유의 삐죽대고 거만한 표정을 지으며 반항하는 아이가 있었다. 뭐 화난 일 있느냐고 물어도 아니라며 무뚝뚝하게 무시하듯 말해 버리고는 휙 지나쳐 버리기에 불쾌해진 마음을 진정하고 수업을 하는데 또다시 무례한 태도를 취한다. 그래서 방과 후에 불러다 이유를 물었다. 분명히 이유가 있는 반항이라는 생각이 들어서 풀고 싶었기 때문이다.

"네가 말 안 하면 나도 집에 못 가. 나는 이유도 모르고 너한테 당하고 있다고 생각하니 억울하고 속상해서 이대로 집에 갈 수가 없는 걸? 그러니 말 안 하면 우리 같이 학교에서 밤샐 수밖에 없어."

한 시간이나 지난 뒤에 아이가 훌쩍이며 대답한 말은 이랬다.

"선생님이 국어 시간에 책을 읽히는데, 내 짝도 시키고 앞뒤 돌아가면서 다 시켰는데 저만 빼놓고 안 시켰잖아요!"

기가 막히고 어이가 없었지만 아이 입장에서는 서운하기도 했겠다 싶어서 이렇게 말했다.

"미안하다. 난 몰랐어. 네 주위로 돌아가면서 다 시켰는지도 몰랐고, 또 너만 일부러 안 시킨 것도 아니야. 난 늘 순서 없이 되는 대로 시키는걸. 마음 아프게 해서 미안해."

"그럼 됐어요!"

또 한번은 기발한 발상과 창의적인 대답으로 나를 늘 기쁘게 하던 가영이가 최근 들어 공부 시간에 집중하지 않고 연습장에 볼펜을 힘껏 눌러서 낙서를 하거나 신경질적으로 대하는 모습을 보이는 게 마음에 걸렸다. 무슨 일이 있는 걸까 궁금해 하다가 마음 끓이며 시간을 소모하기 싫어서 공개적인 자리에서 물었다.

"가영이, 너에게 요즘 무슨 일이 있기에 공부를 안 하는지 알고 싶다. 말해 줄 수 있겠니?"

"선생님이 입만 떼면 하는 말씀이 듣기 싫어서요."

"그게 뭔데?"

"능동적으로 공부해라, 능동적으로 책 읽어라, 능동적으로 필기해라, 그놈의 능동, 능동 소리만 들어도 능동적으로 살기 싫어요."

"음, 맞아. 내가 그 소리를 많이 해. 그런데 그 말이 너를 그렇게 기분 상하게 했단 말이지?"

"네. 자존심 상해요. 하고 싶은 마음이 들다가도 그 소리에 싹 없어져요."

"자존심까지 상하게 했다니 미안하다. 너희가 하도 대답을 안 하니까 답답해서 그랬지. 책을 읽고 난 후에 도무지 감상을 말 안 하니까 적극적으로 읽으라는 뜻에서 말한 거야. 이젠 그 소리 덜 할 테니 내 마음도 조금 알아주면 고맙겠다."

"네, 죄송합니다."

이런 시간을 진도를 못 나갔다는 이유로 속상해 할 일은 아니다. 오히려 살아가면서 사람과의 관계가 삐걱댄다 싶을 때에는 놓치지 말고 바로 그것을 주제로 하여 수업을 할 필요가 있다. 정말 중요한 것을 교실에서 배워야 하지 않겠는가.

내가 열려야 아이들도 연다

앞서 이야기한 분필통 사건 이후 아이들에게 고맙거나 미안한 마음은 그 즉시 이야기하려고 되새기고 또 다짐하였다. 아마도 나의 정신적인 해방과 자신감은 '몰라, 모르겠습니다.'라는 말을 솔직하게 하게 되면서부터인 것 같다. 또한 '미안해, 죄송합니다, 잘못했어요.'라는 말을 하면서부터 나 자신을 실제 이상으로 과시하지 않게 되고, 더 이상 감추거나 포장하지 않아도 되었기 때문이 아닐까 한다. 자신의 행동과 발언이 무엇에서 비롯되었건 그로 인해 누군가에게 상처를 주었다면 만사 제치고 일단 사과부터 해야 된다는 것은 다들 알 것이다. 하지만 그것을 실천에 옮기는 일이 얼마나 어려운지 또한 알 것이다. 그런 의미에서 우회하지 않고 분명한 방법으로 잘못을 시인하는 사람은 매우 용기 있는 사람이다. 그것도 많은 사람들이 있는 앞에서라면 더욱 훌륭하다.

요즘 아이들을 보며 예전같이 순진하지 않다는 말을 하는 사람들이 많다. 실제로 아이들 중에는 자신이 어른들을 능가하는 것처럼 자만하거나, 어른들을 우습게 여기는 모습을 보이는 아이들이 종종 있다. 하지만 대부분의 아이들은 여전히 '선생님은 어른인데 뭐 이런 게 문제 되겠나?' 하며 선생님과 어른들에 대해 환상에 가까운 믿음을 가지고 있다. 그래서인지 아이들은 선생님이 자신들 때문에 기분이 상하고 마음의 상처를 받거나 또 행복과 기쁨을 느낀다는 사실을 잘 모르는 것 같다. 교사들 또한 '교사는 이러이러해야 한다.'는 교육 신화에서 벗어나지 못하고 있다.

어느 여름, 교실이 너무 더럽고 아이들은 누가 들어왔는지도 모른 채 계속 떠들고만 있기에 소리 내어 말했다.

"주번, 나와서 칠판 좀 닦아 줄래?"

아무도 안 나온다. 그러자 반장 인선이가 뒤돌아보며 대뜸 이렇게 말하는 게 아닌가.

"주번아, 선생님이 칠판 좀 닦아 달래."

앗, 1차 충격! 그래도 조용하자 이번에는 옆자리에 앉아 있던 경혜가 말한다.

"은향아, 얼른 나가 닦아 줘라."

2차 충격! '닦아 달래, 닦아 줘라'라고? 선생님에게 이런 무례함이라니! 모욕감과 불쾌감으로 나는 잠시 현기증이 일 정도였다. 내가 아이들에게 이 정도로 쉽게 보였던가, 요 정도밖에 대우 받지 못하는 교사인가 하여 얼굴이 다 화끈거렸다. 그런데 이렇게 말하는 인선이와 경혜는 자기들이 한 말 때문에 선생님이 얼마나 충격을 받았는지 전혀 의식을 못 하고 있는 것 같았다. 너무나 자연스러운 그들의 태도에 차마 꾸중을 할 수 없었던 나는 점심시간에 따로 두 사람을 불렀다.

"너희들 내가 아까 칠판 닦아 달라는 말에 뭐라고 말했는지 기억나니?"

말이 끝나기가 무섭게 인선이는 손으로 입을 막으며 "어머!" 하였고, 경혜는 멀뚱멀뚱하면서 "기억 안 나는데요." 한다. 그러자 아까 있었던 대사를 그대로 재연했더니 그제야 잘못했다고 사과한다.

"그때 혹시 너희들, 선생님한테 불만이 있거나 기분 나쁜 일 있었니?"

"아뇨, 그런 거 없어요."

"나는 너희가 나를 무시하는가 싶어서 기분이 몹시 나빴어. 그런데 그렇게 말하는 너희들 표정이 너무 자연스럽더라. 아, 애들은 평상시에도 이렇게 말하는구나 싶어서 그래서 지금 따로 부른 거야. 그러니까 무의식적으로 그렇게 말했다는 거지?"

"예, 정말 몰랐어요. 죄송합니다. 다음부터는 조심할게요."

"그래, 휴! 말하고 나니 후련하다. 앞으로는 '닦아 달라신다, 닦아 드려라.'라는 기본적인 예의를 갖춘 말씨를 썼으면 해. 오늘 이렇게 확인을 안 했다면 난 계속 기분이 나쁜 채 너희들을 안 좋게 생각했을 거야. 고마워."

불쾌했던 내 마음을 그때 바로 알리지 않았더라면 아마 나는 이 아이들을 두고두고 버릇없고 무례하다고 생각하며 무거운 마음으로 하루하루를 보냈을 것이다. 교사도 교사이기 이전에 먼저 감정을 가진 사람이다. 그런데도 오직 교사로서의 책임감만 의식하느라 나 아닌 다른 모습으로 아이들 앞에 선다면 거짓이 나올 수밖에 없다. 거짓된 태도로 아이들 앞에 서는 것은 결과적으로 교사로서의 책무를 다하지 못하는 것일 뿐만 아니라 스스로의 존엄을 포기하는 길이기도 하다. 그러므로 교사도 아이들에게 먼저 마음을 열고 솔직하게 표현하는 것이 좋다.

내 사랑을 남과
비교하지 마라

나는 당신을 사랑하고 당신의 행복을 사랑합니다.

나는 온 세상 사람이 당신을 사랑하고 당신의 행복을 사랑하기를 바랍니다.

그러나 정말로 당신을 사랑하는 사람이 있다면 나는 그 사람을 미워하겠습니다.

그 사람을 미워하는 것은 당신을 사랑하는 마음의 한 부분입니다.

그러므로 그 사람을 미워하는 고통도 나에게는 행복입니다.

만일 온 세상 사람이 당신을 미워한다면 나는 그 사람을 얼마나 미워하겠습니까.

만일 온 세상 사람이 당신을 사랑하지도 않고 미워하지도 않는다면 그것은 나의 일생에 견딜 수 없는 불행입니다.

만일 온 세상 사람이 당신을 사랑하고자 하여

나를 미워한다면 나의 행복은 더 클 수가 없습니다.

그것은 모든 사람의 나를 미워하는 원한의 두만강이 깊을수록

나의 당신을 사랑하는 행복의 백두산이 높아지는 까닭입니다.

_한용운, 「행복」

자신이 사랑하는 사람을 다른 사람들이 무관심하게 대하거나 싫어하기를 바라는 사람은 없을 것이다. 그러나 내가 사랑하는 사람이 다른 사람들과 더 가깝게 지내거나 나 아닌 다른 사람을 나보다 더 사랑할 때라면 이야기가 달라진다. 욕심이라는 것을 잘 알면서도 그 사람이 나만의 소유가 아니라는 사실은 때로 우리를 쓸쓸하게 한다. 내 존재가 그에게 특별하지 않으리라는 쓰라린 사실 앞에서 외롭게 눈물을 흘리거나, 수많은 연적들을 향해 눈 흘기며 시기하고 아프도록 미워해 본 경험이 있는 사람이라면 잘 알 것이다.

수십 년 전 중학 시절, 수학 선생님을 짝사랑한 일이 있었다. 그 선생님의 미소는 사람을 감싸 안는 듯이 따뜻하고 멋졌다. 시골에서 갓 올라간 시골뜨기에게 그 총각 선생님은 단박에 가슴 설레는 첫사랑이 되어 버렸다. 그러나 선생님은 늘 화려한 서울내기 친구들에게 둘러싸여 있었고, 언제 어디서든 혼자 계실 때가 없었다. 나는 선생님 근처에 가까이 가기는커녕 몰래 숨어 먼발치에서 물끄러미 바라보며 가슴을 태우곤 했다. 친구들은 어쩌면 저토록 자유롭게 말도 잘하고 선생님에게 마음껏 '좋아한다'는 말을 할 수 있을까! 그 눈부신 밝음 앞에 내 존재는 더없이 초라하게만 여겨졌고, 나는 끝내 그 선생님께 인사 한 번 변변히 하지 못하고 이름 한 번 불러보지 못한

채 졸업을 해야만 했다. 고등학교에 가서도 이런 나의 소심함과 열등의식은 크게 달라지지 않았다. 유쾌하고 밝은 친구들에게 가려져 언제나 그늘에서만 맴돌던 학창 시절은, 그래서 지금도 되돌아보기 싫은 외로움과 쓸쓸함으로 기억된다.

선생님께 스스럼없이 다가가고, 좋아하는 선생님과 친하게 지내며 사랑받고 싶었지만 그러지 못했던지라 그런 아이들의 마음을 누구보다 잘 헤아릴 수 있다고 생각했는데, 지난날의 아픈 경험이 언제나 반면교사의 역할을 하는 것은 아닌가 보다. 교사가 된 나의 눈길을 받고자 애태운 제자의 마음을 뒤늦게 알아채면서 어쩌면 이렇게 까마득히 지난 시절을 잊을 수 있는가 한탄했으니 말이다. 그래서 특히 수정이를 잊을 수가 없다.

안타까운 이별, 수정이

지금도 그렇지만 나는 여행을 떠날 때마다 고추장 외에 반드시 가방에 챙겨 가는 것이 있는데, 그것은 바로 교무 수첩이다. 때로는 답장을 보내야 할 편지도 챙겨 넣는다. 특히 외국 여행 중에는 가는 곳마다 그림엽서를 사서 평소에 아이들에게 쓰지 못한 편지를 띄우곤 한다. 어느 해에는 엽서를 무려 100장이 넘도록 쓴 적이 있어서 동행하는 사람들로부터 우표 수집을 하느냐는 소리를 듣기도 하였다.

학교로 돌아왔을 때 외국 풍광이 담긴 그림엽서를 받은 아이들은 몹시도 기뻐하며 고마워하였다. 그중에는 수정이도 있었다. 그런데 늘 생글생글 웃던 수정이가 어느 날부터 나에게 눈에 띌 정도로 무례하게 구는 것이었다. 한 번도 그런 일이 없었기에 궁금하기 짝이 없었으나 바쁜 고3 수험생이라 '왜 나에게 예의 없이 구느냐'고 물을 경황이 없었다. 졸업을 며칠 앞두고서야 비로소 그 이유를 물었고, 수정이는 간단히 대답하였다.

"선생님이 제게만 엽서를 쓴 것이 아니라 100명에게 보냈다고 다른 반 친구에게서 들었어요."

아, 그거였구나! 자신이 그 많은 100명 중의 한 명일 뿐이라는 사실에 고마움과 기쁨은 한순간에 사라지고 실망과 배신감으로 선생님을 미워했던 것이다. 순간 수정이의 실망과 미움을 이해할 수 있었다. 그 100장의 엽서 중 40장은 내 사랑하는 조카에게 보낸 것이라는 사실, 나머지 60장은 750명의 학생들 중 선발된 아이들에게 보냈다는 사실, 그 60명 속에 네가 포함되어 있었다는 사실로 해명하기에는 너무 늦은 듯하였다. 자신이 선생님께 절대적으로 선택 받은 줄 알았는데 단지 다수 속의 한 명일 뿐이었다는 사실이 얼마나 서운하고 야속했을까? 늦었지만 기회가 된다면 지금이라도 이렇게 말하고 싶다.

"수정아, 미안해. 하지만 선생님은 학창 시절에 그런 편지 한 장 못 받아 봤단다."

두상이의 꽃병

학생들만 선생님을 좋아하고 질투하는 것은 아니다. 수정이가 교사인 내게 받은 배신감과 질투심이 거꾸로 학생에게 교사가 느끼는 그것과 조금도 다르지 않음을 나는 두상이의 꽃병을 통해서 확인할 수 있었다.

평소 담임인 나에게 섬세하게 감겨들었던, 그 이름도 독특한 두상이란 아이가 있었다. 때로는 꽃으로, 때로는 사탕과 예쁜 편지로 사랑과 관심을 보여 주며, 내게서 눈길을 떼지 않은 채 더할 수 없이 수업에 충실하던 사랑스러운 아이. 그런데 학년이 바뀌고 담임도 바뀐어느 날, 화장실에서 꽃병에 꽃을 꽂으러 온 두상이와 만났다. 새 담임 선생님께 갖다 드리기 위하여 꽃병에 물을 담는 이 아이와 눈이마주친 순간, '저 꽃이 얼마 전까지는 내 것이었는데 어느새 저 아이는 대상을 바꾸어 다른 사람을 사랑하는구나.'라는 생각이 드는 것을 어쩔 수 없었다. 두상이 또한 힘없이 고개를 떨어뜨리고 부랴부랴 꽃병을 들고 나가 버렸다.

질투도 원망도 모두 마찬가지로 건강한 것이 못 된다. 수정이는 다른 이와 비교하지 말고 선생님이 자신에게 외국에서 엽서를 보내 준사실만으로 기뻐했으면 그만이고, 나 또한 일 년 동안 두상이로부터사랑받은 것을 고마워하면 그만이다. 자신이 사랑받은 것을 다른 이와 비교만 하지 않아도 계속 행복할 수 있었을 텐데, 하는 생각에 세월이 지난 지금도 가슴이 아프다. 사랑을 독차지하려고, 그래서 남과 저울질하는 비교는 자신을 초라하게 만들 뿐만 아니라 내가 사랑하는 사람까지도 쓸쓸하게 만든다는 사실을 알아야 한다.

어느 해던가 스승의 날에 나는 단 한 송이의 꽃도, 한 통의 전화도, 한 줄의 편지도 받지 못한 적이 있다. 그날은 하루 종일 말도 못한 채가슴이 아리도록 쓸쓸하고 서운했었다. 그런데 뒤늦게 전화를 하거나 만난 제자들의 공통된 말은, "선생님, 스승의 날에 애들 많이 찾아갔지요?" "전화 많이 받았죠?" "편지 많이 왔죠?" "다른 애들이 많이 갔을 것 같아서 저 같은 애 별로 기억도 못 하실 텐데, 그래서 안 갔어요."였다. 그때도 역시 마음이 가을바람처럼 스산해져 왔다. 아이들이 그런 비교 같은 거 안 했으면 좋았을 것을……

학교 식당에서 밥을 먹고 있다가 옆자리의 동료 교사들과 '지금 알고 있는 것들을 그때도 알았더라면'을 가지고 하나씩 돌아가면서 말해 보기로 했다.

- 연애를 많이 할 것을
- 모든 과목을 골고루 열심히 공부할 것을
- 부모님이 나를 사랑하신다는 것을 그때도 알았더라면
- 남녀 공학에 갈 것을
- 남에게 칭찬 받으려고 애쓰지 말 것을
- 싫은 것은 싫다고 말할 것을
- 어른들 말을 너무 잘 듣지 말 것을
- 남자도 사랑받고 싶어 한다는 사실을 알 것을…

그러다가 갑자기 누군가가 단호하게 말하였다.
"선생님에게 먼저 다가갈 것을!"
"맞다 맞아! 왜 그렇게 선생님이 나를 알아주기만 바라고 있었을까. 먼저 다가가 말 걸면 될 것을 왜 그리 못 했을까." 하는 아우성에 나는 거기에 하나를 더 보태서 소리쳤다.

"내 사랑을 남과 비교하여 질투하지 말 것을!"

그냥 먹던 대로 차리지 뭐!

경우마다 다르겠지만 남에게 질투심을 일으키게 하는 것도 마냥 자랑할 일만은 아니다. 할 수만 있다면 나로 인해 다른 이들이 샘을 내거나 박탈감을 느끼지 않도록 세심하게 타인을 배려하는 자세가 필요하다. 누군가를 질투하고 샘내는 일은 참으로 외롭고 쓸쓸하며, 삶에서 생명력과 활기를 빼앗아 가기 때문이다.

누가 보아도 돈 많은 사람, 예쁜 사람, 공부 잘하는 사람, 인기가 많은 사람, 젊은 사람, 건강한 사람, 멋진 애인을 둔 사람, 춤 잘 추고 노래 잘하는 사람, 말 잘하는 사람, 사랑받는 사람 들은 혹시 다른 불만이 있다 하더라도 자신이 객관적인 행복 요소를 갖추고 있다는 사실을 인정해야 한다. 그런 후에 겸손한 자세로 자신의 약점과 단점에 대하여 솔직하게 드러내 도움을 요청하거나 하소연하면 사람들은 자신이 부러워하던 사람도 자기와 똑같은 고민과 결핍이 있음을 알고 비로소 동료 의식을 가지며 편안하게 다가올 것이다.

아이들의 모둠 일기를 읽다가 마음이 짠하게 아파 오며 눈길을 머물게 한 글이 있었다. 표정이 늘 무겁고 무뚝뚝하여 그다지 귀염성은 없으나 조용하고 신중한 자영이었다.

> 오늘 오빠가 왔다. 안동 고모 집에서 고등학교를 다니다가 주말이라고 해서 다니러 왔다. 나는 너무나 즐거웠다. 엄마는 오빠가 왔다고 잡

채랑 닭고기를 해 주었다. 나는 엄마가 싫었다. 오빠가 없을 때는 김치, 된장이랑 먹던 우리 밥상을 상다리가 부러져라고 차렸다. 내가 만약 어디에서 학교를 다니다가 주말이라서 집에 와도 상다리 부러지게 상을 차려 줄 건지 엄마에게 물었다. 엄마는 말했다. "그냥 먹던 대로 차리지 뭐!"라고. 내가 남자로 태어났다 해도 엄마가 그랬을까? 아마 그러지 않았을 것이다. 오빠가 미웠다. _2학년 2반 권자영

이 글을 아이들에게 읽어 주고는 자영이가 오빠를 미워하게 된 직접적인 계기는 무엇이라고 생각하느냐고 물어보았다. 그러자 아이들은 제각기 이렇게 말했다.

"오빠만 안동 고모 집에서 학교 다니게 한 거요."

"오빠가 왔다고 잡채랑 닭고기를 상다리가 부러지게 차려 주어서요."

"오빠는 남자고 자영이는 여자라서요."

"엄마가 오빠를 더 좋아하기 때문에요."

"'그냥 먹던 대로 먹지 뭐!' 하는 엄마 말 때문에요."

아이들의 대답은 골고루 나왔다. 생각하면 다 계기가 되기는 하겠지만, 그러나 가장 직접적인 계기가 된 것은 무엇일까?

"자, 누가 자영이의 마음을 제일 잘 알아냈을까? 자영이에게 직접 들어 보자. 자영아, 처음에는 오빠가 와서 좋다고 했잖아? 그런데 왜 오빠가 미워졌어?"

자영이는 좀 당황한 듯 머뭇거리다가 나직한 소리로 말했다.

"엄마 말 때문에요. 오빠는 좋은데, 엄마가 그렇게 말해서 서운했어요. 정말로 오빠가 미운 건 아니고 엄마가 미웠어요."

아이들은 조용해졌다. 누구도 정답에 대하여 더 이상 말이 없었다. 대신에 '어쩌면, 세상에!' 하는 동정의 눈빛이 자영이를 향하는 동시에 정적을 뚫고 여기저기서 격앙된 어조로 내지르는 소리가 났다.

"엄마가 너무해. 나라도 엄마가 미울 거야."

"자영아, 엄마한테 말해."

"차별이야. 오빠를 좋아해도 오빠한테 질투심이 일어나는 건 당연해."

"그럼 여러분이 자영이라면 이 아픈 마음을 어떻게 솔직하게 전하고 마음을 풀 수 있을까요? 부럽고 질투 나고 미운 마음을 정직하게 다 말하면서도 따지고 화내는 모습이 아니도록 한번 말해 봐요."

교실은 한동안 시끌시끌 시장 바닥이 되었고, 한참 뒤 드디어 우리가 함께 내 놓은 작품은 이랬다.

"오빠야, 오빠는 좋겠다. 엄마가 오빠를 좋아하고, 오빠 온다고 그 전날부터 음식하고 그랬다. 그런데 나한테는 그냥 먹던 대로 먹겠대. 그래서 엄마도 밉고 오빠도 밉다, 씨!"

이후 자영이가 이대로 실천을 했는지는 확인을 못 했다. 그러나 자기감정을 정확히 파악하고 인정한 다음 밖으로 드러내는 것이 정신 건강을 위해서는 좋다는 사실을 반 아이들 모두 재확인한 자리였다.

질투심에서 벗어나는 길

마땅히 칭찬 받아야 할 사람에게 샘을 내는 것은 자신을 더 초라하게 만든다. 수고를 많이 한 사람에게는 마땅히 극진한 인사를 하는 것이 좋다. 입장을 한번 바꾸어 보자. 내 성공과 노력에 대하여 많은 사람들이 축하하고 박수를 보내는데, 굳이 한마디도 하지 않고 애써 외면하는 사람이 있다면 그 사람이 얼마나 옹졸하고 가난해 보이겠는가. 혹은 열등의식에 젖어 있는 그 모습이 얼마나 형편없이 못나 보이겠는가.

상대의 좋은 점을 진심으로 칭찬하자. 약점은 감추려 할수록 드러나 보이는 법이다. 누가 알까 두렵고 불안하여 편할 날이 없을 뿐만 아니라, 그 열등감이 점차 공격적이고 호전적인 형태로 변해 급기야 모든 인간관계를 파괴시키고 만다.

'나는 너를 도저히 따라갈 수가 없어. 부러워. 어쩌면 그렇게도 잘하니?'

이렇게 누군가를 칭찬하거나 부러워하는 마음을 솔직하게 진심으로 말해 본 적이 있는가?

기쁨은 스스로 혼자서 기뻐하지 않는다. 누군가가 알아주고 인정해 주었을 때 비로소 진정한 기쁨으로 다가와 내 마음속에 자리 잡는다. 이러한 기쁨과 성취, 만족은 나아가 상대방에게 감사와 너그러운 태도를 갖게 해 관계를 진전시킨다. 누군가와 자신을 쓸데없이 비교 평가하여 열등감과 질투심에 무릎 꿇기 전에 먼저 산뜻하게 다가가 상대방을 진심으로 칭찬해 보자. 다른 사람의 성취를 칭찬하는 용기와 여유를 가질 때 비로소 찾아오는 평화와 자유로움을 누릴 수 있을 것이다. 물론 그때쯤에는 자기에게도 장점과 강점이 있다는 사실을 알고 세상에 한결 더 관대해진, 그리고 긍지와 자신감으로 절로 콧노래를 부르는 자신을 발견하게 될 것이다.

죽도록 힘들 때는
죽겠다고 비명을
지르자

정숙이를 살린 고양이

독서 감상 발표 시간, 정숙이가 박완서의 「옥상의 민들레꽃」을 읽고 발표하러 앞으로 나왔다. 이 작품은 호화로운 궁전아파트에 살던 할머니가 옥상에서 자살한 사건을 두고 반상회 자리에서 벌어지는 이야기를 다루고 있다. 엄마를 따라 반상회에 온 한 소년이 자기는 할머니가 왜 자살하셨는지를 안다고 주장한다. 그리곤 할머니가 민들레꽃을 봤다면 죽지 않았을 것이라고 한다. 왜냐하면 엄마가 막내는 안 낳을 걸 낳아서 힘들어 죽겠다고 친구와 전화하는 소리를 들은 뒤에 소년도 죽을 마음을 먹고 옥상에 갔는데, 그때 옥상 한 귀퉁이에 핀 노란 민들레를 보고는 그 생각을 접었기 때문에 할머니도 민들레꽃만 봤다면 죽지 않았을 것이라고 믿는다. 정숙이는 이렇게 이야기를 간단히 소개하고는 뒤이어 차분한 목소리로 말했다.

"저도 소년처럼 죽을 생각을 한 적이 있습니다. 너무나 살기가 힘들어서 죽으려고 집 앞 강가에 갔어요. 신발을 벗고 강으로 들어가려고 하는데, 갑자기 장난만 치고 맨날 말썽만 피우던 고양이가 내 품으로 쏙 기어들어 오잖아요. 보들보들한 고양이털이 나를 막 간지르잖아요. 그래서 고양이를 안고 그냥 울기만 하다가 도로 집으로 들어왔어요."

아이들은 입을 헤벌리고 눈은 말갛게 뜬 채 멍하니 정숙이를 보고만 있는데, 나는 눈물이 줄줄 흐르고 목이 메어 더 이상 수업을 진행할 수가 없었다.

정숙이네 집을 가정 방문했던 날을 기억한다. 꼬불꼬불하고 위험한 비포장 시골길을 한참이나 가서야 앞에 강이 흐르는 움막 같은 집한 채가 울도 담도 없이 나타났다. 대낮인데도 캄캄한 방에는 중풍든 할아버지가 누워 계시고 엄마는 밭에 나가고 안 계셨다. 차마 볼수 없는 궁핍한 모습에 경악을 감출 수 없었다. 이런 환경 속에서 정숙이는 '살기가 힘들어서' 죽을 생각을 했던 것이다.

"그래, 너를 살린 그 고양이는 지금도 있니?"

"아니요, 죽었어요. 그런데 그 새끼가 지 엄마처럼 맨날 말썽만 피워서 미워 죽겠어요."

"넌 그 후에도 죽을 생각을 한 적이 있니?"

"아니요, 이젠 안 죽을 거예요."

"그래, 정숙아 고맙다! 이제는 죽고 싶도록 힘들 때는 '나 힘들어요, 아파요!' 하고 소리 질러라, 응? 우리가 들어 줄게. 막 울어도 돼. 지난번에 선생님도 너희들 앞에서 울었잖아."

정말이지 믿었던 우리 반 아이들이 기말고사에서 집단으로 부정행위를 한 사실이 드러났을 때, 나는 애써 쌓은 모래성이 무너진 듯한 노여움과 실망으로 거의 이성을 잃을 뻔했던 적이 있었다. 상벌은 분명히 해야 한다고 먼저 앞장서서 교칙대로 벌을 주자고 학생과에 요청까지 해 놓은 후 수업을 하는데, 나도 모르게 눈물이 주르륵 흘러내렸다. 처음에는 아이들에게 우는 모습을 안 보이려고 칠판에 필기만 하고 있었다. 그러나 순간 담임이 얼마나 슬퍼하는지 이 모습을 정직하게 보여 줄 필요가 있다고 생각하고는 뒤돌아 교탁 앞에 바로 섰다. 갑자기 교실은 쥐 죽은 듯 조용해졌고, 나는 그렇게 아이들 앞에서 선 채로 오랫동안 눈물을 흘렸다. 점차 교실 여기저기에서 아이들의 훌쩍거리는 소리가 들려왔고, 졸업 후 아이들은 그 순간에 비로소 선생님이 자기들과 다르지 않은 보통 사람으로 보였다고 회고하였다. 나는 내 마음을 몸으로도 보여 줄 것이다. 그리고 필요할 때는 공개적으로 도와 달라고 요청하는 것도 마다하지 않을 것이다.

못다한
이야기

그들은 기뻐했고, 나는 병들었다

착함, 그 지긋지긋함에 대하여

남을 기쁘게 한다는 것은 참 좋은 일이다. 더구나 입에 발린 소리를 잘 못 하는 사람들에게는 굳이 거짓말을 안 하고서도 남을 기쁘게 할 수 있는 사람이 있다면 대단한 재주꾼으로 비칠 것이다.

그러나 남을 기쁘게 하고, 그로 인해 오히려 자신이 상처 받고 아파하며 괴로워한다면 그건 선(善)이 아니라 병(病)이다. 이를 질병이라 보지 않고서는 건강하고 행복한 인간으로 살아갈 수가 없으니 기필코 치료가 필요하다. 더 이상 고통받지 말고 이른바 '남 기쁘게 해 주기 병'에서 벗어나야 한다. 당장에 상냥하고 친절한 사람으로 보이기 위해, 혹은 대립이나 갈등을 피하기 위해 계속 자신을 양보한다면 단호하지 못한 자신에게 언젠가는 화가 치밀 것이다.

"장학금으로 학교를 마치고 수월하게 취직을 하고 양말을 꿰매 신으면서 아껴 모은 돈으로 드디어 집을 사던 날, 그 뒤부터 저는 사돈의 팔촌에까지 통하는 신용카드였어요. 사람들은 절 칭송하고 우러렀어요. 어디서 불이 나든 저는 저 스스로 소방차가 되어 달려갔어요. 죽을 동 살 동 모르고 불을 껐지요. 그게 저였어요. 저만 자랑하고 우러르는 부모에게서 동생들은 상처가 많았고, 절 고마워하면서도 꺼려했어요. 친척이며 이웃들도 '아이고, 너만 한 딸이라면 어느 부모가 자식을 안 낳겠노. 열이라도 백이라도 낳지.' 하며 아래위로 훑어보며 감탄하는 말씀을 하셨지요. 그런데 이 말들은 제게 기쁨은커녕 오히려 보이지 않는 족쇄, 감옥처럼 절 갑갑하게 했어요."

이는 장녀와 장남, 맏며느리들에게서 공통적으로 자주 나타나는 현상이기도 하다. 특히 여자들에게 많은 병으로, 이런 사람일수록 어린 시절부터 '착하지, 순하지, 얌전하지, 말도 잘 듣지' 하는 칭찬을 수없이 들으며 자란다. 그래서 사회가 여성다움의 속성이라고 규정한 희생과 모성, 수동성, 감성들을 마치 자신의 타고난 성품인 양 받아들인다. 이런 상황에 길들여진 사람들은 언제나 다른 이의 눈에 비치는 모습을 의식해 자신의 욕구나 몸짓, 목소리를 자제하게 된다. 또 책임감과 희생정신으로 무장되어 있어 자기 탓이 아닌 일을 자신의 잘못으로 받아들이거나 심지어 종종 죄의식을 느끼기도 한다. 이렇게 늘 주변을 살피느라 정작 자기 삶에는 아무런 배려도 하지 않다가 뒤늦게 어떤 변화가 찾아왔을 때 자신을 위한 준비가 전혀 되어 있지 않음을 깨닫고 화들짝 놀라는 것이다.

다른 사람들에게 못마땅한 지금의 내가 좋다

위의 이야기는 사십 평생을 가족과 주변 사람들을 위하여 꺼진 불은 지피고, 타는 불은 끄면서 묵묵히 착하게 살아온 내 친구에게서 들은 눈물어린 고백이다. 지금껏 긍지와 자부심으로 여겼던 것들이 자신의 선택도, 진정한 성취도 아니었음을 깨닫고 친구는 '벗어나고 싶다. 나도 나만의 인간이고 싶다.'는 절규를 했다. 반평생 동안 받은 칭찬이 족쇄로 다가온 순간, 분노로 뒤바뀐 것이다. 갑작스럽게 변한 친구에게 영문도 모르고 내팽개쳐진 주변 사람들 또한 당혹스럽긴 마찬가지다. 그들 또한 이런 상황에 대한 준비가 전혀 되어 있지 않기 때문이다. 그러나 당사자는 주변 사람들의 실망에 아랑곳하지 않고 뒤늦게 자기 목소리를 내지른다.

"다른 사람들이 걱정하면 할수록 저는 더 행복한 사람이 돼 가요. 그런 저를 보며 식구들은 싹수없는 인간 보듯 정 떨어져 하지요. '옛날에는 참, 저 죽는 줄 모르고 부모라고 양보하고, 형제라고 양보하고, 서방이라고 양보하고, 저 입에 들어가는 것도 아껴 가며 그렇게 챙기더니, 그게 하도 기특해서 내가 '등신'이라고 불렀지. 또 어찌나 머리를 잘 쓰는지 공부하는 것도 못 봤는데 척척 합격해 가지고 다 기울어진 집을 일으키는 거 보고는 또 '대가리(최고)'라고 별명을 지었지. 그런데 어째 갈수록 더 나아지는 게 아니고 갈수록 못돼 먹었어. 요새 하는 거 보면 저밖에 모르고 개판돼 버렸다.'고 말이에요. 그러면 저는 속으로 욕을 퍼부어요. '평생 나를 앵벌이 삼으려는구나. 당신들이 내게 뭔 짓을 했는지나 알아?' 하고요. 이젠 사람들이 날 어떻게 생각하든 미안하지도 아깝지도 불편하지도 않아요. 내 살고 싶은 대로 내 기분, 내 감정 존중하며 살고 싶어요."

거친 말을 주저 없이 내뱉는 친구를 보며 아직도 말 잘 듣고 고분고
분하다고 칭찬을 듣는 우리 여학생들이 떠오르고, 어쩌면 이런 모습
이 그들의 미래가 될 수도 있으리란 생각에 가슴이 아프다.

남자들이라고 다르지 않다

그러면 한국의 남성들이라고 언제나 좋기만 할까.

'나는 한 번도 가족에게 나의 어려운 사정을 이야기해 본 적이 없다.
나를 믿고 의지하는 가족의 믿음과 기대를 꺾는 것이 두려웠다. 언
제나 어깨가 무겁고 힘들다.'라고 고백하는 남성들이 결코 적지 않
다. 『대한민국에서 장남으로 살아가기』라는 책이 출판되자마자 베
스트셀러 대열에 오른 사실만 보아도 우리 사회의 남성들이 느끼는
압박감을 짐작할 수 있다. 아마 책 제목만 보고 산 사람도 적지 않을
것이다.

우리 집의 장손인 내 조카는 '장남이라는 굴레를 벗어나 한번 살아
봤으면' 하는 마음으로 이 책을 사서 읽고 역시 장남인 아버지에게
드렸다고 한다. 그 책을 지금은 또 장남인 맏사위가 열심히 숙독하
고, 그 모습을 옆에서 보고 있는 맏딸은 '대한민국에서 맏며느리로
살아가기'라는 책을 써야겠다는 결심을 차갑게 굳히고 있다. 우리
집이 하나의 작은 대한민국으로 보인다.

자기를 희생하여 다른 사람의 요구를 충족시키는 일이 대단히 훌륭

하다는 사회 통념은 그 혜택을 누리는 사람이 만들어 낸 것이 아닐까. 봉건적인 유교 사회에서 남성에게, 또 남성 중심 사회에서 여성에게 각각 채우는 족쇄가 아니겠는가.

형제 사이에서도 장남은 실수하지 않는 모범생이 아니라 장점과 단점을 가지고 있는 보통 사람임을 알려야 한다. 또한 형의 과도한 책임감이 도리어 동생들이 자기 삶을 책임질 능력을 기르는 기회를 가로막을 수도 있다. 형제간의 우애는 귀하고 아름다운 것이지만 책임감 강한 형이 무능한 동생을 만들어서는 안 될 것이다. '형만 한 동생 없다.'는 옛말도 결국 이 땅의 형님들을 고달프게 하는 말이니 쉽게 할 말이 아닌 줄로 안다.

상처는 또 다른 상처를 낳는다

지속적으로 심각한 부담과 불만을 가지고 있을 때, 그 불쾌한 심정을 떠안은 채 그냥 살면 안 된다는 것을 모르는 사람이 의외로 많다. 상황을 변화시켜야 하는데 그걸 모른다. 막무가내로 '참는 자에게 복이 온다.'는 식의 인내 지상주의는 앞서 말한 친구의 사례처럼 시간이 지나면서 화병으로 발현되고, 서서히 혹은 어느 날 갑자기 무서운 폭발력으로 자신이 그 동안 애써 가꿔 온 것들을 뒤집어 놓기에 이른다. 왜 이런 안타까운 일이 생기는 것일까? 이는 그 동안 왜곡되고 부정당한 자아가 일순간 폭발하는 것이라고 할 수 있다. 억눌렸던 자의식의 발현은 이처럼 부정적이며 파괴적으로, 또 위태로운 방식으로 나타난다. 이들은 자기를 두고 변했다고 서운해 하는 주변 사람들에게 결코 호의적이지 않다. 오히려 공격적으로 발톱을 세우며 억울한 지난날의 삶을 위하여 단호히 대항한다. 무례함으로, 냉담함으로, 무심함으로…….

그러면 남겨진 사람들은 어떨까. 청천벽력과도 같은 이 변화를 마치 재난처럼 일방적으로 당해야 하는 주변 사람들은 말이다. 자신들을 그렇게 길들여 놓고는 어느 날 갑자기 '무소의 뿔처럼 혼자서 가겠노라.'고 선언하는 사람으로부터 내팽개쳐진 사람들 또한 마찬가지로 억울하고 분하기 짝이 없다. 대체 어디서부터 어떻게 잘못되었고 누구를 탓해야 할까. 그러기에 우리 모두는 어느 한쪽의 행복이 아닌 모두가 행복할 수 있는 길을 좀 더 일찍부터 고민했어야 한다.

감정을 '감정적이지 않게' 드러내라

'네가 나를 이렇게 만들었다.'고 서로를 탓하며 억울함을 하소연해도 이미 한번 찢기고 헐린 가슴의 상처는 세월이 흘러도 지워지지 않는다. 아주 오랜 세월이 지나 진정으로 서로가 서로에게 남긴 그 흉터를 어루만져 줄 때쯤에는 어쩌면 이렇게 말하는지도 모른다.

"아, 좀 더 일찍부터 내 감정에 충실할 것을, 솔직하게 드러낼 것을, '못 해요, 싫어요.'라고 말할 것을, 할 수 있는 것과 없는 것을 구분할 것을, 요구할 것을, 칭찬을 덜 좋아할 것을, 비난 받는 것을 두려워하지 말 것을, 실수를 겁내지 말 것을, 발전을 위한 모험을 겁내지 말 것을, 말 것을, 말 것을……."

무엇 때문에 그토록 오래 '나는 이러이러해야 한다.'는 당위를 설정해 놓고 거기에 맞추려고 발버둥을 쳤는지, 나의 힘과 능력을 무시한 채 버거운 무게를 안고 힘들고 외롭게 살았는지, 그것이 훗날 머지않아 "나를 왜 몰라주느냐?"라는 원망의 형태로 나타나게 될 줄을 몰랐단 말인가.

이는 내 인생을 주체적으로 살지 못하고, 내 마음을 솔직하게 표현하지 못한 데 대한 벌이다. 그리고 다른 사람에게 휘둘려 살았던 어리석음에 대한 벌이다. 늦지 않았다. 남은 삶이라도 평소에 나의 감정을 '사실대로' 말하라. 내 감정에 솔직해야 내가 산다. 감정을 '감정적으로' 말하게 될 즈음에는 이미 돌이킬 수 없는 지경에 와 있음을 알게 될 것이기에 말이다.

파라솔을 접듯이
마음을 접다

지난겨울부터 봄이 끝나는 지금에 이르도록 길고도 캄캄한 굴속을 걷고 있는 듯하다. 나 자신이 마치 남처럼 느껴지고, 그리하여 타인을 보듯이 나를 바라본다.

원인도 정체도 모를 극심한 우울함이 밀어닥쳤다. 제일 먼저 자리 잡은 감정의 실체는 원망, 미움, 노여움, 억울함이었다. 다음으로 지루하고 권태로운 일상이 이어지고, 세상일과 사람에 대해 냉담해지며, 가치롭게 여기던 것들이 무의미해지고, 무기력이 매일 매일 나를 가라앉게 하였다. 그리고 어느 순간, 내가 주변 사람들에게 얼마나 심술스럽고 심통 맞게 굴고 있는지, 또 얼마나 나를 알아달라고 떼쓰는 어린아이처럼 되어 가고 있는지 발견하고는 창피했다. 자존이 추락하는 듯 한없이 부끄럽고 초라했다.

한심하고 못난 자신을 수습하려고 일부러 틈을 두지 않고 꽉 죄는

초인적인 생활을 만들었다. 책상부터 커다란 것으로 바꾸어 공부밖에 할 것이 없는 사람처럼 서재를 사무실 용도로 바꾸고, '우리말우리글' 대안대학원에 진학하였고, 혹 마음이 변할까 봐 등록금 백만원부터 얼른 입금시켰다. 오직 기댈 데라곤 여기밖에 없다는 듯이 절박하게. 그리곤 입학식에 달려갔다.

그러나 돌아와서야 비로소 내가 앞으로 공부해야 할 엄청난 분량과 시간과 노력을 바라보고는 백기를 들었다. 연일 머리가 깨지는 것 같은 두통에 신음하는 사이 마음속에선 정체모를 적개심과 미움이 무럭무럭 솟아났다. 급기야 지역 모임에서 하고 있던 공부조차 중단하고야 말았다. 그럴수록 더욱 자기 비하에 젖어서 안으로 날개를 접으며 나의 퇴보와 빛바램에 괴로워하였다.

몸과 마음이 한꺼번에 엉망진창이 되어 버렸다. 생리도 있다 없다 하기를 반복하다가 6개월 만에 다시 시작되더니 끝났나 싶다가 바로 또 시작한다. 그런데 이번에는 열흘이 지나도 끝나지를 않기에 오래 뜸들이고 망설이다 병원을 찾았더니 의사는 초음파 검사, 피검사를 하고는 간단히 '폐경' 선언을 하였다. 아니, 그렇다면 이러한 일련의 과정들이 폐경기 증상, 그 흔히 듣던 갱년기 증상이란 말인가? 너무 흔해서 아무 문제도 아닌 듯한 그게 설마 이토록 심각하고 혹독하게 진행되는 것이란 말인가?

그 이후 나는 지친 심신을 회복하기 위해 학교 일에 전념하는 이외에는 눈곱만 한 틈이라도 나면 무조건 도시락 싸 들고 산과 들을 쏘다니기 시작했다. 계절이 도와주어 아름다운 꽃과 풀, 나무를 싫증이 나도록 보고 사진도 많이 찍었다. 때로 애인이라는 이름의 동반

자조차도 나무 한 그루, 들꽃 한 송이보다 위로가 되지 못했다. 그리곤 20년도 넘은 옛날에 보았던 한 편의 시만 줄곧 입가에 맴도는 것이었다.

아카시아꽃 핀 유월의 하늘은
사뭇 곱기만 한데
파라솔을 접듯이
마음을 접고 안으로 안으로만 들다
이 인파 속에서 고독이
곧 얼음모양 꼿꼿이 얼어 들어옴은
어쩐 까닭이뇨
보리밭엔 양귀비꽃이 으스러지게 고운데
이른 아침부터 밤이 이슥토록
이야기해 볼 사람은 없어
파라솔을 접듯이
마음을 접어가지고 안으로만 들다
장미가 말을 배우지 않은 이유를
알겠다
사슴이 말을 하지 않는 연유도
알아듣겠다
아카시아꽃 핀 유월의 언덕은
곱기만 한데

_노천명, 「유월의 언덕」

나는 나의 이런 상황이 너무 괴롭고 힘들어서 갑작스런 부재에 대한 설명과 함께 공개적으로 도움을 받고 싶었다. 다른 이에게 그리하라고 늘 말해 왔듯이 나 또한 아픔을 포함하여 모든 것을 솔직하게 알리고, 나와 가까운 이들이 곧 겪게 될지도 모를, 혹은 지금 같은 고통에 시달리고 있을지도 모른다는 생각에 내가 속한 교과모임 게시판에 하소연하기로 한 것이다. 부끄러워한다는 것은 실제 이상으로 보이려는 허영과 사치에 지나지 않는다. 따라서 망설임 없이 나의 실상을 그대로 드러낸 결과, 나는 더 이상 외로워하지 않아도 좋았다. 20여 명에 달하는 동료들이 곧바로 메아리를 보내 주었으며, 더할 수 없이 극진한 위로를 해 주었기 때문이다. 내가 혼자가 아니라는 사실을 넘치도록 확인시켜 주었기에 마침내 다시 일어서면서 다음과 같이 감사와 당부의 말을 보냈다.

나는 그동안 내 몸과 마음에 일어나는 질병과도 같은 이상스럽기 짝이
없는 증세들, 정체가 무엇인지 모르는 데 따른 암흑과도 같은 공포와 두
려움에 오래도록 어찌할 바를 몰랐습니다. 운전 중에 갑자기 몸이 오싹
추워져 후두둑 몸을 떨며 두 팔로 가슴을 싸안거나, 꺽꺽 목이 쉬도록
오랫동안 오열하는 그 울음의 정체가 정말 무엇인지 몰랐습니다. 신호
대기 중에 브레이크를 밟은 발에 힘이 풀려 차가 스르르 앞으로 밀려 간
줄도 모르고 갑자기 '쿵'하는 소리에 혹여 전쟁이라도 터졌나 하여 주
위를 둘러보다가 앞차와 내 차가 바짝 붙어 있는 것을 발견하고도 도무
지 그 이유를 알 수가 없었습니다.

바쁜 학교생활 속에서는 까맣게 잊고 있다가도 학교 밖으로 나서면 어
디로 가야 할지, 세상은 거대한 황야로 보이고 나와 관계된 거라곤 아무
것도 없어 보였습니다. 사람들의 움직임도 소리도 모두 그저 한낱 물체
요 소음일 뿐이었습니다. 물끄러미 바라보다가 이리저리 발이 부르트
도록 돌아다니며 몸을 학대하고는 집으로 돌아와 혼수상태처럼 깊은
잠에 빠져들곤 했습니다.

무섭고 외로워도 도와달라고 소리칠 데가 없었습니다. 그제야 마침내
발견한 사실이 하나 있었으니, 바로 나보다 나이 많은 사람이 주변에 참
으로 없다는 것이었습니다. 그것이 슬펐습니다. 내 주변은 언제 그렇게
젊은이들로 빼곡하게 찼는지, 모두 찬란하도록 싱그러운, 그러나 미숙
한 열정의 소유자들뿐이었습니다. 왜 이때는 남자들이 그토록 멀리 느
껴질까요. 싫은 것도 미운 것도 아닌데 그저 지금 필요로 하는 이는 오

직 꽤 살았다 싶은 나이 든 여자였습니다.

우리 어머니들의 삶이 떠올랐습니다. 어렵고 힘들었던 지난날, 당신들은 자신의 고통과 고독을 미처 고통과 고독인지도 모른 채 으레 힘든 삶이려니 여기고 그저 생손 앓듯이 그렇게 고스란히 온몸으로 앓으며 지냈다는 사실을 깨달았습니다. 적어도 배우자가, 또 자식들이 그것을 알아주어야 했지만, 그러나 어머니들은 자신도 의식하지 못하는 것을 더구나 밖으로 설명하여 드러낼 수는 없었을 것입니다.

살아온 인생이 억울하다는 한 가지 생각에 하루에도 몇 번이고 죽음을 생각하며 극도의 우울증에 시달렸다 한들 아마 그때의 어머니들이 한 것이라고는 기껏 신세 한탄이거나 주부로서 직무 유기에 해당하는, 그러나 곧 돌아올 것임에 분명한 가출을 하거나 식구들을 허기지게 만들거나 집안 관리를 허술하게 하는 것쯤이었겠지요. 그러면 식구들은 하나같이 엄마가 이상해졌다며 입이 부어서 흉이나 보고 버릇없이 반항이나 했겠지요.

아, 생각해 보니 우리네 엄마들은 정말로 그러했던 것 같아요. 왜 우리들은 그걸 그토록 몰랐을까요? 오직 내 편한 것만 생각하고, 엄마가 식구들을 위하는 것이 천지간에 극명한 진리인 것처럼 방자하리 만큼 땅땅거렸던 것을 지금 아프도록 뉘우치며 그분들을 그리워합니다.

그런데 할머니들은 왜 몰랐을까요. 한술 더 떠서 시어머니 노릇이나 하며 며느리들을 그토록 호되게 나무라며 못되게 굴었을까요. 자신들도 겪었으면서 말입니다. 그러나 할머니들 역시 그것이 여성들의 몸과 마음에 나타나는 특수한 현상인 줄 몰랐던 것입니다. 여성이라면 누구나 일정한 나이가 되면 폐경이 되면서 몸속의 에스트로겐인가 뭔가 하는 여성 호르몬이 감소되어 몸과 마음이 급격하게 변해 가는 고통, 오늘날 일컫는 '갱년기' 증세임을 진정 몰랐던 것입니다. 알았다면 할머니들은 아들인 엄마의 남편을 필두로 온 식구들을 불러 앉히고, 엄마를 포함한 여성들의 몸에 대하여 조근조근 이야기해 주며, 식구들이 앞으로 엄마를 어떻게 대해야 하는지를 슬기롭게 가르쳤을 것입니다. 너무나 오랜 시간을 긴장하며, 혹은 빡빡하게 살아오는 동안 자신이 나이 들어간다는 사실을 저처럼 너무 늦게 깨달아 미처 준비도 못 한 채 맞이하여 황망해하는 사람들을 위하여 저는 이 상황을 이제 냉정히 직시하고자 합니다.

여러분들의 격려와 사랑의 메아리에 저는 다시 태어나는 듯한 생명감을 느낍니다. 저를 향하여 터지듯 쏟아진 그 많은 사랑과 신뢰에 대하여 행여 가슴 한켠에 있을지도 모를 질투 따위는 부디 하지 말아 주셔요. 그리고 이런 증세를 호소하고 고백하는 사람에게는 아무쪼록 이렇게 해 주시어요.

- 어떤 나무람도, 분석도 충고도 필요치 않습니다. 무조건 감싸 안아 주세요.
- 곧 평소의 생활로 돌아오겠지 생각하며 가만히 앉아 기다리고만 있어서는 안 됩니다.
- 깊은 생각에 빠져들지 않도록 잠시라도 혼자 두지 말고, 밖으로 끌어내어 몸을 움직이도록 하면 더 좋습니다.

- 걱정하거나 화를 내지 않도록 아주 많이 배려해 주세요. 즉 스트레스를 받지 않도록 애써 주어야 합니다.
- 틈만 나면 몸으로든, 말로든, 글로든 당신을 사랑하고, 당신이 얼마나 필요하고 고마운 사람인지 정체감을 확인시켜서 자기 비하와 상실감에 젖지 않도록 하십시오.
- 자주 맛있고, 멋지고, 예쁘고, 화려한 그 무엇으로 꾀어내거나 요구하여 존재감을 맛보게 하셔요.

이런 따뜻한 사랑과 관심만이 이 상황을 점차 극복하게 하여 비로소 자신의 몸과 마음을 바로 보고 스스로 앞날을 준비하게 합니다. 치열하기는 했으나 생각보다 오래가지는 않습니다. 그 이후에는 그야말로 그 누군가처럼 '하느님, 언제라도 오셔요. 저는 항상 오케이입니다.' 하며 어쩌면 전보다 더 활기차고 너그러운 사람으로 주변을 사랑하고 가꿔 나갈지도 모릅니다.

깊은 밤, 이 글을 쓰는 저는 넘치는 은혜로움과 감사함으로 그 어느 때보다 마음이 편합니다. 부디 저처럼 여러분도 하루하루를 자신의 행복을 위해 헌신하고, 그 충만함으로 우리 아이들에게도 진정 행복이 무엇인지 몸으로, 삶으로 가르쳐 주셨으면 합니다. 죽도록 힘들 때에 죽겠다고 비명을 지르며 주위에 도움을 청한 덕분에 얻은 이 귀한 생의 선물을 저는 남은 세월 동안 잊지 않으렵니다. 온갖 노력의 대가로 얻은 것이 바로 행복입니다.

표현의
길을 찾아서

말 못하는
사람들의 열 가지
공통점

1. 되묻게 한다

2. 표정이 없다

3. 반응을 보이지 않는다

4. 말끝이 불분명하다

5. 수식언이 많다

6. 군소리를 많이 사용한다

7. 말이 길다

8. 말을 어렵게 한다

9. 대답이 단답형이다

10. 추측형과 피동형을 남발한다

1. 되묻게 한다

말을 했을 때 상대방으로 하여금 "응?" "뭐라고?" "다시 말해 봐." 등 여러 차례 후속 질문을 하도록 만드는 사람은 일단 말을 잘 못하는 사람이다. 상대방에게 자기 생각과 느낌을 알린다는 의사소통의 기본적인 기능을 살리지 못했기 때문이다. 그렇게 되는 이유 가운데 가장 일차적인 원인은 소리가 너무 작거나 발음이 불분명할 때이다. 주변을 의식하지 않고 지나치게 큰 소리로 말하는 것도 눈살을 찌푸리게 하지만, 작은 소리로 웅얼거리듯 말하는 것은 자기 의사를 정확히 전달 못 할 뿐만 아니라 자신감도 없어 보인다. 끝을 분명하게 매듭짓지 못하고 말을 길게 늘이는 습관 또한 상대방을 피곤하게 한다. 게다가 중심 내용이 무엇인지 도무지 핵심을 파악할 수 없는 말하기는 듣는 사람을 답답하게 만들어 결국 더 이상 상대의 말에 귀 기울이는 것을 포기하게 만든다. 이는 시작도 하기 전에 잔치는 이미 끝난 꼴이니 이 얼마나 아깝고 소모적인 일인가. 그러므로 상대가 되묻지 않도록 한 번 말할 때 잘 알아들을 수 있도록 분명하게 말하는 습관을 들이는 것이 좋다.

2. 표정이 없다

좋은 표정과 밝은 인상은 상대방의 마음을 열게 하는 중요한 열쇠이다. "너는 말을 하지 않고 있을 때는 화난 것 같고 늙어 보여. 그런데 일단 말을 시작하면 젊고 활기차서 예뻐 보여. 그리고 웃을 때는 눈까지 웃어!"라고 언젠가 친구가 말한 적이 있다. 말을 할 때는 누구나 자연히 내용에 어울리는 표정을 담게 된다. 즉 화날 때는 화난 표정을, 기쁠 때는 기쁜 표정을, 슬플 때는 슬픈 표정을 짓게 된다. 이처럼 표정이라는 언어는 말의 내용을 풍부하게 할 뿐만 아니라 말하는 이를 보다 젊고 생기 있게 보이게 하여 말에 활력을 불어넣어 준다.

아무런 표정 없이 말하는 사람을 보고 있으면 자기가 하는 말에 성의가 없고, 가슴을 열지 않는 사람처럼 보여 호감을 가지기 어렵다. 요즘은 한 사람을 오랜 시간 지켜본 끝에 신중하게 평가하는 일이 적은 편이다. 대체로 처음 보거나 잠깐 만난 사이에 스친 표정이나 인상을 보고 그 사람을 판단할 때가 많은데, 그 인상을 결정짓는 요소 중 가장 중요한 것이 바로 표정이고, 이는 특히 눈과 관계가 깊다. 그런데 제대로 쳐다보지도 않은 채 말을 한다면 상대의 자존심을 상하게 할 수도 있으니 삼가는 것이 좋다. 이와 반대로 밝은 표정은 보는 이를 기분 좋게 하여 상대방에게 호감을 주고, 따라서 인간관계를 부드럽게 하며 보다 긍정적인 삶을 살게 한다.

3. 반응을 보이지 않는다

대화를 하는 동안 상대방이 아무런 반응을 보이지 않으면 지금 내 말을 듣고 있는지, 아는지 모르는지, 어떻게 생각하는지 도무지 알 길이 없다. 말을 하는 중에 궁금하고 답답하여 몇 번이고 확인을 해 보지만 영 신통치 않은 반응을 보일 때는 그만 대화를 중단하고 싶어진다. 잘 듣고 있을 뿐만 아니라 상대의 말에 깊이 공감한다는 메아리까지 보낸다면 말하는 사람의 기운을 북돋아 줄 뿐 아니라 더욱 신명나는 일이다. 남성에 비해 여성이 비교적 대화에서 반응과 메아리, 맞장구, 추임새, 응대말을 적절히 잘 드러내어 의사소통이 활발

167

한 편이라고 한다. 요즘 각종 사이버 게시판에서 만나는 답글 또는 댓글도 결국 반응의 한 형태이다. 이 댓글을 얼마나 정성스럽게 많이 달아 주는가에 따라 그 집단의 결속력과 생명력이 좌우된다고 해도 틀린 말이 아닐 것이다. 당신은 당신의 말에 침묵하거나 반응이 없는 사람에게 마음을 털어놓고 싶은 생각이 들던가? 다시 말하지만 맞장구 하나만으로도 얼마든지 말 잘하는 사람이 될 수 있다.

4. 말끝이 불분명하다

아이들은 제때에 얼른 문장을 끝맺지 못하고 '~데', '~고'로 계속 연결을 하는 습성이 있다. 그러다 보니 말이 점점 길게 꼬이고 부자연스러워져서 나중엔 자신이 무슨 말을 하려고 했는지도 몰라 당황할 때가 많다. 이럴 때는 문장을 적절하게 끊고 말의 뒤, 즉 서술어를 분명히 말하도록 한다. 그런 연후에 새로 문장을 시작하면 자연스럽게 다음을 이어가기가 쉽고, 듣는 이도 편안한 상태로 경청할 수 있게 된다. 또 상대방에 따른 존대와 활용형을 분명히 할 때 말하는 이나 듣는 이가 안정감을 느낀다. 즉, '해라', '하게', '하소'체 중 어느 것으로 말해야 할지, 또 '이다', '입니다', '이니?', '입니까?'의 끝처리를 선명하게 해야 한다는 말이다.

말이라는 게 시작이 있으면 끝이 있어야 한다. 서술어가 분명하지 않고 말끝이 흐리면 자신감 없고 우유부단한 이미지를 주어 신뢰감을 떨어뜨린다. 또한 듣는 이를 짜증나게 할 뿐만 아니라 상황에 따라 오해와 곡해를 불러일으켜 일을 그르치게 되는 경우도 있다. 그러니 의식적으로 노력하여 매사에 정확한 의사 전달을 하는 습관을 지니도록 해야 할 것이다.

5. 수식언이 많다

수식어란 낱말을 꾸며 주는 말로서, 우리말의 다양한 표현과 그 화려함을 나타내는 구실을 한다. 따라서 적절히 꾸밀 때는 말을 풍성하고 매끄럽게 하여 이해를 도와준다. 그러나 지나치게 사용할 경우 감정적이고 실없어 보여 신뢰를 떨어뜨릴 뿐만 아니라 자칫 무책임한 사람으로 보일 수도 있다. 여러 가지 품사가 수식어의 몫을 하고 있으나, 일반적으로는 명사를 꾸며 주는 형용사와 동사를 꾸며 주는 부사를 가리킨다. 이를테면 '엄청난, 대단한, 무시무시한, 굉장한, 찬란한'과 같은 형용사나 '정말로, 매우, 대단히, 얼마나, 너무, 무척'과 같은 부사는 뒤에 오는 낱말을 꾸며 주어 어떤 상태나 모양을 세밀하게 도와주는 수식언들이다. 그런데 이런 수식어가 많을수록 말이 길어지고 듣는 이의 신경을 분산시켜 핵심을 파악하기 어렵게 만든다. 자주 사용할 경우 말하고자 하는 내용을 오히려 약화시킬 뿐만 아니라 사무적인 일에서는 자칫 뜻을 왜곡하기 쉬워 크게 낭패를 보기도 하니 의식적으로 절제하는 노력을 기울이는 것이 좋겠다.

6. 군소리를 많이 사용한다

말 사이사이에 '음, 있잖아, 말이야, 정말이지, 굉장히, 인제, 진짜, 무슨 말이냐 하면' 등의 군소리를 쉴 새 없이 쓰는 사람들이 있다. 이러한 군소리는 말의 흐름을 끊을 뿐만 아니라 듣는 이로 하여금 말하는 내용에 집중하기 어렵게 만든다. 이러한 언어 습관은 듣는 이를 짜증나게 하거나 지루하게 하기 일쑤다. 무엇보다 말로써 중요한 설명을 하고 설득해 뜻을 관철해야 할 일이 있을 때 일을 그르치기 쉽다. 군소리를 싹 거두어 보라. 말은 짧고 간단해지고, 말하고자 하는 내용은 더 선명하고 확실하게 드러난다.

- 사실은요 제가요 아까요 거짓말을요 했어요.
→ 사실은 제가 아까 거짓말을 했어요.
- 앞에 나오니까 너무너무 떨리네요. 있잖아요, 음, 저는 굉장히 남 앞에서 말을 너무 못해요. 그리고 글도 진짜로 못 써요. 무슨 말이냐 하면 그래서 정말이지 무척 창피해요.
→ 앞에 나오니까 떨리네요. 저는 남 앞에서 말을 잘 못해요. 그리고 글도 못 써서 창피해요.

7. 말이 길다

말이 많다는 것과 길다는 것은 같지 않다. '많다'는 것은 말의 내용을 가리키는 것이요, '길다'는 것은 문장의 길이를 이르는 것이다. 흔히 '그 사람은 말이 너무 길어!'라고 할 때는 대체로 문장이 길 때이다. 길게 말하더라도 말하는 내용이 간결하고 핵심이 분명하다면, 또 끝 맺는 말이 정확하다면 듣는 이는 그 사람의 말이 길다고 생각하지 않는다.
흔히 자기 생각이나 입장이 서 있지 않을 때, 즉 할 말이 없을 때 그 쑥스러움과 민망함을 감추려고 '에또, 그래서, 그래 가지고, 뭐냐 하면' 등 군더더기 말을 자꾸 하게 되어 말이 길어진다. 또 길어지니 더욱 당황하여 제때에 말을 끊을 수가 없어 더 길어지는 악순환을 반복한다. 이때 듣는 이는 말할 수 없이 지루할 뿐 아니라, 핵심이 무엇인지 알려는 노력을 포기하게 된다.

장황한 설명 없이 간단명료하게 꼭 필요한 용건만 이야기한다는 것은 탁월한 능력이다. '바쁘기 때문에 용건만 간단히 줄여 쓸 시간이 없다.'는 역설적인 말이 있는 것을 보면 핵심만 추려서 간명하게 말하는 것이 결코 쉬운 일이 아님을 알 수 있다. 그러나 자신이 하고자 하는 말이 무엇인지 분명하게 알고 있다면 짧고도 쉽게 말할 수 있으니 말하기에 앞서 먼저 말할 내용을 정리해 보는 것도 좋은 방법이다.

8. 말을 어렵게 한다

어려운 말을 어렵게 하는 것은 쉬운 일이다. 쉬운 것을 어렵게 말하는 것도 역시 쉬운 일이다. 어렵게 말한다는 것은 사실 힘든 일이 아니다. 정말 힘들고 어려운 일은 누구나 알아들을 수 있도록 쉽게 말하는 것이다. 마치 어렵고 까다로운 말 속에 무슨 심각하고 오묘한 진리나 숨겨져 있는 것처럼 공연히 어려운 말, 전문적인 용어, 한자어나 외국어를 남용하며 대단한 교양이나 있는 것처럼 과시하는 사람들이 많다. 말이란 생각의 어머니이다. 따라서 흐리멍덩하게 말한다는 것은 곧 흐리멍덩하게 생각하고 있다는 것이고, 과시욕이 담긴 말은 자신의 허영심을 입증하는 것일 뿐이다. 분명한 생각은 분명한 말을 찾고야 만다.

아, 교실에서 아이들에게 쉽게 말하기 위하여 교사는 얼마나 많은 공부를 해야 하는지! 특히 저학년을 가르치면서 내가 알고 있는 지식이라는 게 얼마나 막연하고 추상적인 것인지, 얼마나 남의 지식을 앵무새처럼 흉내 내는 어줍은 짓인지를 확인할 수 있었다. 가장 좋은 말하기는 듣는 이의 수준에 맞춰 쉽고도 분명하게 그 말을 전하는 사람이라는 것을 잊지 말자.

9. 대답이 단답형이다

말이 지나치게 길어도 문제지만, 무슨 말을 했을 때 '예, 아니요'라는 짧은 대답만 한 채 묵묵히 침묵하고 있는 사람이 있다. 게다가 기껏 한마디 보탠다고 하는 것이 '나는 말재주가 없어서……'라고 자기를 비하하기 일쑤라면 이는 겸손한 것이 아니라 정말로 못난 사람이다. 대체로 말수가 적고 소심한 사람, 혹은 말하기에 자신이 없는 사람일수록 이렇게 묻는 말에 짧게 대답하는 경향이 있다. '침묵이 금'이라는 말이 미덕이던 시대는 지났다. 말이 없거나 단답형으로 끝내고 자리만 지키고 있다면 상대방으로 하여금 '모르니까 말을 안 하거나 자기의 입장이 없는가 보다.'라고 생각하게 할 수도 있으니 무시당해도 할 수 없는 노릇이다.

'가만히 있으면 중간은 간다.'는 말을 아직도 믿고 있는 사람이 있다면 이는 지극히 이기적이거나 정치적인 사람, 더 나아가 그런 자세를 부추기는 사람이라고까지 할 수 있겠다. 왜냐하면 자신에게 불리할지도 모르는 일은 가만히 있음으로써 사전에 피하고, 일이 잘 되면 이익과 결실을 힘들이지 않고 차지하려는 사람처럼 보이기도 하니 말이다.

함께 더불어 사는 사회에서 생각과 감정을 주고받는 일은 올바른 사회를 만들어 나가기 위한 적극적인 참여자의 자세이기도 하다.

10. 추측형과 피동형을 남발한다

요즈음 점점 많은 사람들이 쓰고 있는 괴상한 말투가 있다. 학생들은 물론이요, 방송에서도 주변 동료들 가운데서도 추측형을 남발하는 모습에 어안이 벙벙하다.

'참 좋은 것 같아요. 잘 모르는 것 같습니다. 이 책은 굉장히 재미있는 것 같아요.' 등 자신의 생각이나 감정을 말할 때조차 추측형을 쓰는 모습은 자칫 자신이 한 말을 책임지지 않으려는 무책임한 태도로 비치기도 한다. 앞서 말했듯 말은 그 사람의 생각을 반영한다. 그래서 우리는 대체로 말하는 그대로 살게 된다. 자기 느낌마저도 늘 자신 없이 추측하듯 말하고, 또 다음과 같이 매사에 피동형 말을 쓰며 산다면 그의 삶 역시 그렇게 불투명하고 예속적으로 살기 십상인 것이다.

'이런 건 참 문제라고 생각되어지는데요.' '잘했다고 보여집니다.' '잘못 말해지고 있다.' '품위가 존중되는 나라' '잠시 후 수업이 시작됩니다.'와 같은 피동형을 자주 쓰는 것도 배운 사람들의 무지와 겉치레에서 나온 것이며, 우리말 문법 체계가 무너져 가는 한 단면을 보여 주는 것이다. 이러한 언어 습관은 결국 자기 삶의 주체가 되지 못하게 만들 뿐더러, 위기 상황에서는 자칫 자신을 비껴가는 불성실함과 무책임으로 나타나 내 인생의 구경꾼이 되게 한다.

말을 잘하기 위해서 알아 둘 몇 가지 지식

1. 소리에 대하여

의사소통의 가장 일반적이며 주요한 수단은 음성 언어이다. 소리를 통하여 상대방의 청각을 자극해 그 내용(개념)을 파악하게 하는 것이다. 따라서 대화할 때는 물론이요, 낭독을 할 때에도 글자를 기계적으로 소리로 바꾸는 것이 아니라 '말이 되게' 소리 내야 한다. 그러기 위해서는 일단 상대방이 소리를 알아듣도록 해야 하는데, 흔히 자세가 꾸부정하거나 입을 벌리지 않으면 소리가 제대로 나오지 않으므로 무엇보다 건강한 신체를 가꾸는 것이 중요하다. 다음으로, 말하고자 하는 내용과 느낌을 잘 알고 말할 때 명확한 의사 전달이 된다. 이 두 가지 목표가 이루어질 때라야 목소리 또한 제 몫을 다하는 것이다.

흔히 글자 하나하나를 또박또박 소리 내어 읽으면 잘 읽는 것인 줄 알고 있지만 모든 글자를 발음할 때마다 크기와 세기, 길이, 높낮이를 똑같이 낸다면 이는 극히 부자연스러울 뿐만 아니라 오히려 더 알아듣기가 어렵다. 말하고자 하는 내용에 맞게 강약을 조절하는 것이 좋다. 또한 남 앞에서 말을 잘 못해서 고민인 사람은 소리 내어 읽는 연습을 꾸준히 하는 것이 좋다. 읽으면서 자기 귀로 자기 소리를 듣는 것은 정확한 발성 훈련을 함께 하는 셈이다. 큰 소리로 읽는 것은 소리가 밖으로 시원하게 나올 수 있게 하므로 말을 잘하고 못하느냐는 목소리가 잘 나오느냐 안 나오느냐에 달려 있다. 뿐만 아니라 낭독은 언어 훈련의 시작이므로 정확한 표준어와 풍부한 표현법을 자연스럽게 몸에 배게 하는 일이기도 하기 때문이다.

듣는 이는 목소리를 통해 내용과 감정을 전달 받기 때문에 목소리의 조절 또한 필요하다. 자기 목소리를 한 번이라도 녹음해서 들어본 사람이라면 숨고 싶을 정도로 부끄럽고 실망한 적이 있을 것이다. 그러나 여러 번 들어 보면 객관적인 평가를 할 수 있다. 성량과 높낮이, 명료한 발음과 강약 조절, 그리고 말의 중복됨이나, 잦은 군소리 등 말하는 습관까지도 바로잡을 수 있다.

2. 발음에 대하여

말을 하거나 글자를 읽을 때 분명한 발음으로 정확한 소릿값을 내는 것은 그 나라 말을 쓰는 국민의 도리요, 교양인이 갖추어야 할 기본적인 자세이다. 분명한 발음을 내기 위해서는 다음 몇 가지를 유의하여야 한다.

- 발음 기관(어금니, 혀, 입술, 이, 목구멍)에 문제가 없어야 한다.
- 입을 크게 벌려라.
- 혀를 부지런히 움직여라.
- 받침을 끝까지 소리 내라.

발음은 발음 기관을 통해서 이루어지므로 따라서 발음 기관이 정상적으로 발달했을 때 정상적인 발음이 가능하게 된다. 가령 이가 빠졌을 때는 치음(잇소리) 'ㅅ, ㅆ, ㅊ'이 안 되고, 입술에 상처가 났을 때는 순음(입술소리) 'ㅁ, ㅂ, ㅃ, ㅍ'이 안 되고, 감기가 들어 침을 삼킬 수 없을 정도로 목구멍에 이상이 있을 때는 후음(목구멍소리) 'ㅇ, ㅎ'이 안 되고, 혓바늘이 돋아 밥알을 씹을 수도 없이 되면 설음(혓소리) 'ㄴ, ㄷ, ㄸ, ㅌ'이, 어금니가 빠지면 'ㄱ, ㅋ, ㄲ'이 안 된다.

또한 이중모음 'ㅘ'나 'ㅢ' 발음만 정확히 하고 받침만 끝까지 발음해 주어도 그 사람의 발음은 투명하고 명확하다고 할 수 있다. 될 수 있으면 입을 크게 벌려서 모음을 분명하게 구분해 주고, 또 혀를 한껏 움직여서 자음을 정확히 발음하고 동시에 이중모음을 제대로 소리 내도록 해야 한다. 주변의 게으른 사람들을 볼 것 같으면 입 벌리는 것이나 혀를 움직이는 것마저도 소홀히 하여 발음이 부정확해 무슨 말을 하는지 잘 알아듣기가 힘들다.

다음에서 흔히 이중모음을 단모음으로 발음하는 잘못된 경우를 들어 보고, 그 외에 일상생활에서 잘못 사용하고 있는 언어들을 짚어 보겠다.

❶ 'ㅐ'와 'ㅔ'의 혼동
이것은 전설모음(ㅔ)과 중설모음(ㅐ)으로서 혀의 위치에 따라 분명히 구분된다.

> • 내가 죽고서 네가 산다면? 네가 죽고서 내가 산다면!
> • 온 세계 인류가 내오 네오 없이 구분 없이 사는 것은 좋은 일이요.

여기서 'ㅐ'는 'ㅔ'보다 입모양이 크고, 혀끝을 아랫입술에 단단히 붙이고 앞으로 내민다. 그런데 'ㅔ'는 'ㅐ'보다 입모양이 작고 혓바닥을 앞으로 내밀게 되므로, 이를 구분하여 발음하지 않으면 때로는 주체가 달라져서 의사소통에 큰 혼선을 빚기도 한다.

❷ 'ㅘ'를 'ㅏ'로 잘못 발음하는 경우

- 관형어 → 간형어, 관심 → 간심, 과장 → 가장, 과식 → 가식
  교과서 → 교까서, 과자 → 까자

❸ 'ㅚ'를 'ㅐ'로 잘못 발음하는 경우

- 굉장히 → 갱장히, 된장 → 댄장, 뵌다 → 밴다, 쇠다 → 새다
  된소리 → 댄소리, 쇳내 → 샛내

❹ 'ㅢ'를 'ㅡ' 혹은 'ㅣ'로 잘못 발음하는 경우

- 의문 → 으문, 이문, 현대의학 → 현대으학, 현대이학
  의아해하다 → 의아해하다, 이아애하다

정확히 '의'의 발음은 다음 세 경우에 따라 구분 발음되도록 하는 것이 무방하다.

- 단어의 첫 글자에 쓰일 때는 '의'로 발음한다.
  (의심, 의문, 의논, 의리, 의자, 의약, 의사, 의성, 의결, 의구심, 의지,
  의상, 의료기관)
- 단어의 끝 글자에 쓰일 때는 '이'로 발음한다.
  (성의 → 성이, 토의 → 토이, 논의 → 논이, 민주주의 → 민주주이,
  대의 → 대이)
- 관형격 조사로 쓰일 때는 '에'로 발음한다.
  (나의 집 → 나에 집, 우리의 소원 → 우리에 소원,

너희들의 말→너희들에 말)

❺ 받침을 가진 말을 게으르게 발음하는 경우

- 감기, 건강, 점심, 한강 → 강기, 겅강, 정심, 항강
- 신발, 대한민국, 신문, 헌법, 연말, 건물
→ 심발, 대함민국, 심문, 험법, 염말, 검물
- 옷고름, 옷감, 꽃길, 합격 → 옥고름, 옥감, 꼭길, 학격

❻ 불필요한 경음이나 격음은 가능하면 평음으로 쓰도록 한다.

- 가시, 고추, 창구, 진하다, 소주, 사랑, 간단하다, 동그라미, 작다
→ 까시, 꼬추, 창꾸, 찐하다, 쐬주, 싸랑, 간딴하다, 똥그라미, 짝다
- 폭발 → 폭팔, 담배 한 개비 → 담배 한 개피, 병풍 → 평풍
  선착장 → 선착창, 나침반 → 나침판

❼ 소리가 첨가되어 편안하고 자연스러운 말들

- 솜이불 → 솜니불, 막일 → 막닐, 색연필 → 색년필, 맨입 → 맨닙
  꽃잎 → 꼰닙, 영업용 → 영엄농, 옷입다 → 옷닙따, 식용유 → 시공뉴

❽ 'ㅎ'발음에 유의해야 한다. 'ㅎ'발음의 정확도는 다른 말을 바르고 정확하게 발음하고 있는가의 잣대가 되기도 한다. 부주의로 인해 꼭 필요한 음운을 탈락시켜 명확하게 들리지 않는 경우가 있어서는

안 된다.

- 이해합니다 → 이애압니다, 화해한다 → 화애안다
  환한 표정 → 화난 표정

음성 미학적인 면에서 볼 때 우리말에서 모음의 정확한 발음, 특히 이중모음의 정확한 발음은 논리적이고 지적으로 보이게 하여 말하는 이의 고상한 '격'을 돋보이게 해 준다고 한다. 반대로 부정확한 발음은 뜻에 혼란을 가중시킬 뿐만 아니라 말하는 사람의 품위를 격하시킨다.

목소리의 질은 타고난 것이라고 할지라도 불분명한 목소리, 지역적 특성이나 발음 기관 장애에 의한 발음상의 제약 등은 훈련을 통해 바꿀 수 있다. 여기서 발음이라 함은 자음과 모음의 음운 외에 음절, 그리고 음절이 이어질 때로 크게 나눌 수 있고, 또 음의 고저, 장단, 강약, 억양 등도 이에 포함시킨다.

별다른 노력도 기울이지 않고 우리말이 어렵다고 투덜대는 사람들을 보면 '당신이 영어나 외국어를 공부하는 데 들인 노력의 반만 애써도 한글은 당신에게 가장 쉬운 말과 글이 될 것이다!'라고 말하고 싶다. 그리고 무엇보다 '문화 사대주의'라는 이 끔찍한 망령에서 벗어나기 위한 국어 교사의 역할을 다시 한 번 생각해 보게 된다.

3. 낱말에 대하여

구슬이 서 말이라도 꿰어야 보배이듯 일단 말은 하고 볼 일이다. 그런데 말을 하려면 재료가 있어야 하고, 기왕이면 그 재료가 깨끗하고 질이 좋으면 금상첨화일 것이다.

재료 중 가장 으뜸은 좋은 이야깃거리를 준비하는 것이고, 다음으로 그 이야기를 펼쳐갈 적절한 낱말들을 구비하는 것이다. 그러면 이야 깃거리는 어떻게 만들 수 있을까? 가장 손쉽고도 좋은 방법은 역시 다양한 독서이다. 풍부한 독서를 통해 얻은 지식과 정보에 자신의 생각과 경험이 더해지면 말하는 것이 두렵지 않다. 그저 빈손으로 책에 빠져드는 즐거움도 좋지만, 조금이라도 배우려는 자세가 있거 들랑 읽어 가면서 좋은 표현이나 낱말의 쓰임새, 적절한 어휘, 새롭게 알게 된 지식 등을 공책에 적어 가며 읽는 습관을 가져 보자. 그리곤 이를 생활 속에서 적절하게 인용하고 활용하여 나의 것으로 만들어 나가 보자. 흩어진 자음과 모음을 모아서 아름다운 우리말을 만들어 자신을 맑고 곱게 채워 나가는 자세가 필요하다.

❶ 한자어나 고사성어를 잘못 쓰는 경우

- 방방곡곡 → 방방곳곳, 풍비박산 → 풍지박산, 역할 → 역활
  오곡백과 → 오곡백화, 임기응변 → 임기웅변, 할인 → 활인
  성대모사 → 성대묘사, 연예인 → 연애인, 할당 → 활당
  장애물 → 장해물

❷ 인격과 품위에 관계된 말

- 돼지 새끼, 사슴 새끼, 하마 새끼 → 새끼 돼지, 새끼 사슴, 새끼 하마

라고 하면 훨씬 부드럽고 귀여운 느낌이 드는 말이 된다.

- 청소부, 간호부, 광부 → 환경 미화원, 간호사, 광원으로 바꾸어 부르면 직업에 전문성을 부여하는 동시에 인격을 존중하는 말이 된다.
- 장애자 → 장애인, 문둥병 → 나병 → 한센병, 벙어리 → 농아인, 장님 → 시각 장애인, 양공주 → 기지촌 여성, 윤락녀 → 매매춘 여성, 보험 아줌마 → 보험 설계사, 편부모 가정 → 한부모 가정, 동성연애자 → 동성애자, 아저씨, 아줌마 → 손님 등이 사회 · 역사 · 문화적인 맥락 속에서 편견이 숨어 있던 호칭들을 긍정적 의미로 바꾸어 내고자 하는 노력들이다.

❸ 다음 말들도 부정확하거나 품위 없기는 매한가지다.

- 제주도가 워낙 고향이세요?
- 비가 올 가망이 많다.
- 음, 비교적 잘하고 있다고 말씀드릴 수가 있겠습니다.
- 뽄떼를 보여 주어야 합니다.
- 담배 꼬불쳐 둔 거 이리 내 놔. 너한테 말할 건덕지가 많아.
- 시골에 사는 거가 행복된 거 같아요.
- 저희 나라도 그렇게 하라고 하고 있고, 그래서 저희 학교도 이렇게 하기로 했어요.
- 지금부터 행사를 시작하도록 하겠습니다. 호명하는 학생은 앞으로 나오도록 합니다.

4. 호흡에 대하여

폐활량을 늘리는 훈련은 대개 관악기를 연주하는 사람이나 가수, 또는 연극배우, 수영 선수에게만 해당되는 것으로 생각하기 쉽다. 그러나 보통 사람이 보통 생활을 하는 데도 필요하다.

자신이 하고자 하는 말을 좀 더 빠르고 효과적으로 잘 전달하고자 할 때 정확한 발음 외에 가장 중요한 것이 바로 호흡 조절이다. 말하고자 하는 바에 따라 이어짐과 끊어짐, 쉼을 잘 조절하여 말할 때 그 말을 듣는 상대방에게 쉽고도 정확하게, 그리고 자연스럽게 뜻이 전달되기 때문이다. 말하거나 낭독할 때 수식하는 말은 수식을 받는 말과 함께 한 호흡으로 소리 낼 때 더 효과적으로 전달된다.

- 아, 이 어리고 불쌍한 새끼 토끼를/ 굶기고 때리며 구박하다니!
- 엄마가/ 오빠와 언니, 동생을/ 꾸중하고 계셨다.
- 부모님의 사랑을 한 몸에 받고 있는 나는/ 코피가 터지도록/ 공부를/ 해야만 합니다.

쉼이 적절하고 충분하기만 하다면 한 구절, 혹은 문장을 말하는 속도가 빠르더라도 상대방은 충분히 알아듣는다. 중요한 부분은 조금 천천히, 즉 당김과 늦춤을 적절히 운용하는 것이 듣는 사람을 편안하게 한다. 쉼표(,)는 반 박자, 마침표(.)는 한 박자를 쉬고, 주어는 잠깐만 쉰다. 이때 본인은 쉬지만, 듣는 사람은 거의 못 느낄 정도가 되어야 자연스럽다. 이 '쉼'의 활약과 긴 호흡은 유창한 낭독의 성패가 갈리는 중요한 부분이라 할 수 있다.

5. 억양에 대하여

때로 특별하지 않은 간단한 이야기를 하는 데도 아름답고 매력적인 인상을 풍기는 사람들이 있다. 그래서 마주하고 있는 나마저도 괜스레 기분이 좋아지고 품격이 높아지는 듯한 느낌이 드는데, 말하는 모습을 곰곰이 살펴보면 그 이유가 바로 억양 때문인 경우가 많다.

사람의 말은 마치 파도타기와 같이 어떤 높낮이와 장단, 강약의 리듬을 동반하면서 이루어진다. 넓은 의미에서 어조와 속도까지 두루 포함하여 이를 억양(intonation)이라 부른다. 어떤 사람과의 대화 속에서 묘한 매력이 느껴질 때면 그 정체가 무엇인지 한번 살펴보라. 결국 이들이 서로 조화를 이루어 언어활동이 이루어질 때 내용의 전달력을 높이는 것은 물론이요, 상대방에게 신뢰와 호감을 주어 대인관계를 원활히 하는 데 높은 효과를 보인다는 것을 알게 될 것이다.

억양은 말의 전반에 걸쳐 두루 나타나지만, 특히 문장의 끝에서 확실히 드러난다. 종종 지방에 사는 사람이 서울에 가서 촌사람으로 보이기 싫을 때, 서울말을 흉내 내려고 말의 끝부분만 억지로 올리는 바람에 웃음거리가 되는 것도 바로 이런 이유에서다. 끝만 올리고 위아래로 굴곡을 이룬다고 서울말이 되는 것은 아닐 텐데 곧잘 그런 순진한 행태를 보이는 바람에 딱하기도 하고 한편으론 웃음을 자아내기도 한다.

사투리를 쓰더라도 억양이 그 사람의 개성을 오히려 돋보이게 하거나 지역성을 드러내어 독특한 아름다움과 매력을 풍기기도 한다. 따라서 표준어라는 어휘는 지향할지라도 자신의 정체성을 담고 있는 고유한 억양은 부끄러워할 게 아니라는 사실을 알려 줄 필요가 있다. 단지 어떤 사람의 억양이 이유 없이 상대방을 불쾌하게 하거나 무시, 혹은 화난 것처럼 보이게 한다면 사회생활을 하면서 원활한 대인 관계에 치명적인 결함이 될 수 있으니 그럴 경우에는 의식적인 노력을 하는 것이 바람직하다.

억양은 말소리에 감정이 담겨 나오는 상태나 가락까지 포함하고 있으므로 이를 통틀어 어조(語調)라고 부른다. 이를테면 흥분된 어조, 활기찬 어조, 우울한 어조, 지루한 어조, 담담한 어조, 화난 듯한 어조, 명랑한 어조, 불쾌한 어조, 확신에 찬 어조, 불안한 어조 등 말소리에 묻어나는 이러한 분위기를 통해 말하는 이의 감정을 간접적으로 알 수 있으므로 어조를 이용하여, 또 내용에 따라 속도에 완급을 주어 변화를 주는 것도 말의 효과를 극대화하는 방법이다.

참고로 과거의 웅변과 지금의 웅변을 비교해 볼 때 과거에는 우렁차게 큰 소리로, 또 강약 없이 마냥 힘주어 내용을 강조하려고 했던 데 비해 요즘의 웅변은 다가가는 말로 접근하고 있음을 알 수 있다. 즉 생활 언어로 억양이 변하고 있다는 것이다. 힘주어 강조하고 싶은 대목에서 호흡을 잠시 멈춘 뒤, 다시 천천히 말하면 극적 효과도 높아진다. 이 모두가 상대방에게 어떻게 호소력 있고 설득력 있게 다가갈 것인가에 대한 답이라 하겠다.

6. 사투리에 대하여

언어의 문제는 때로 이데올로기의 문제와 함께 권력의 문제로 인식되는 경우도 있다. 그래서 배운 자와 안 배운 자를 흔히 표준어를 사용하느냐 사투리를 사용하느냐로 구분지어 사투리에 대한 문화적 열등감을 키우고, 그 결과 '도시 선망 증후군'을 만들어 내기도 한다.

그러나 사투리는 향토어로서 표준어가 다 담아내지 못하는 내용과 느낌을 지녔으며, 또 유대감과 친근감을 충족시켜 오히려 우리네 삶을 풍부하게 하는 다채로운 어휘이다. 따라서 사투리를 쓰는 사람들에게 자신이 말하는 방식을 부끄러워할 필요가 없다는 것을 강조할 필요가 있다.

참고로 지방색이라는 말과 향토색이라는 말이 있는데, 지방색이라는 말은 부정적인 뜻으로 쓰이며, 향토색이라는 말은 어느 지방 고유의 정서라는 말로 그 지방에 대해 아련한 향수를 느끼게 하므로 지방색 대신 향토색이라고 표현하는 것이 바람직하다.

그러므로 사투리를 부끄러워할 필요는 없지만 이와는 다른 맥락에서 표준어와 표준 발음, 표준 억양을 배우는 것은 여전히 중요하다고 할 수 있다. 표준어에는 한 나라에 사는 국민으로서의 동질감과 함께 기본적인 의사소통의 문제가 걸려 있기 때문이다. 또 장차 경험하게 될지도 모르는 불공평과 차별에 맞서 싸우는 데 필요한 근본적인 수단을 획득할 수 있으므로 표준어는 사투리와 함께 꾸준히 강조해야 하리라 본다.

7. 자세와 태도에 대하여

❶ 말하는 태도에서 인간에 대한 예의를 지닌다.

자신과 상대방에 대하여 예의를 갖추며, 공손하고 성의 있는 자세를 취하는 것이 좋다. 수줍어서 비비꼬거나 고개를 숙이며 손발을 흔들어 대는 등 정서적으로 불안정해 보이는 자세는 보는 이의 눈살을 찌푸리게 할 뿐만 아니라 나아가 상대를 무시하는 듯한 느낌을 주므로 아무리 좋은 말을 한다고 해도 신뢰를 주지 못하며 발표를 잘 했다고 하지 않는다. 말을 더듬는 기본 장애가 있는지 혹은 신체장애가 있는지 충분히 감안해야 하겠지만, 설혹 그렇다고 해도 장애로 인한 부분 외의 기본 자세는 예의와 성의를 다하는 모습을 보여야 할 것이다. 그만큼 말할 때의 자세란 음성 언어 못지않은 비중으로 상대에게로 다가간다.

❷ 내가 자연스러우면 보는 이도 자연스럽다.

상대방이나 타인을 지나치게 의식하거나, 거짓으로 꾸민 자세는 자연스럽지 못해 보는 이를 부담스럽게 만든다. 부끄럽고 자신이 없을 때에는 솔직하게 말하고, 수줍은 자세를 그대로 보여 주는 게 도리어 친근하게 다가간다. 또 실수를 해서 상대방이 웃을 때도 지나치게 경직되는 모습을 보이기보다는 '아, 이런 실수를 하다니 너무 창피해!' 하며 빨개진 얼굴과 부끄러워 하는 모습을 있는 그대로 보여 준다면 말을 매끄럽게 잘한 사람보다 더 신뢰를 주고 자연스럽게 전달될 수 있다는 것을 알자.

❸ 인간과의 마음 교류를 위해 자기 개방의 훈련을 꾸준히 한다.

너와 나의 만남이 가능하기 위해서는 자신을 정확히 알리는 일이 무엇보다 중요하다. 자신의 생각이나 감정을 잘 읽어 내고 그것을 솔직히 인정하며, 나아가 남에게 자연스럽게 드러낼 수 있을 때 자기 해방뿐만 아니라 창조적인 만남을 가능하게 한다. 특히 자신의 약점이나 단점, 결점, 열등감을 솔직하게 인정하고 드러낼 때 더욱 더 자기 해방은 빨리 오며, 그러한 자기 변화는 깊은 신뢰와 설득력을 가져 타인까지 변화시킨다.

8. 여성·남성의 특성에 대하여

흔히 여성이 남성보다 언어 능력이 뛰어나다고들 한다. 하지만 그보다는 여성이 언어 영역 부문에서 남성보다 더 유리하다는 말이 더 적절할 듯싶다. 평균적으로 보았을 때 여성이 구사하는 어휘의 양이 남성보다 더 풍부하여 다양한 언어를 구사할 수 있는 데 비해 남성들은 어휘 구사력이 빈곤한 편이라 어눌한 경향을 보이는 경우가 많다. 또한 전통적으로 우리나라 남성들에게는 '남아일언 중천금', '남자가 쉽게 속을 드러내서는 안 된다.'는 등의 편향된 의식이 심어져 솔직한 감정 표현과 다양한 어휘 구사를 더 어렵게 한다.

남녀가 말싸움을 하면 남성은 우선 여성의 말 빠르기에 당해 내지를 못한다. 싸우는 도중 속내 이야기를 할 때 여성이 다양하고 섬세한 표현력으로 막힘없이 말을 이어가는 데 비해 남성들은 어떤 말로 대응해야 할지 모르는 경우가 많기 때문이다. 그래서 처음에는 남자들이 무참히 당하기 일쑤지만 시간이 흐른 뒤에는 논리적으로 차근차근 짚어 내어 전세가 뒤바뀌기도 한다. 이러한 남녀의 말하기 특성을 파악해 청소년 시기에 미리 약점을 보완해 나가는 것 또한 도움이 될 것이다. 즉, 목소리가 크고, 논리적이며 핵심을 잘 짚어 내는 강점이 있는 남학생들은 상황에 맞는 적절한 표현력을 키워 더 자연스럽게 말하도록 훈련할 필요가 있다. 반면 여학생들은 다양한 어휘로 풍부한 표현력을 지닌 대신 소리가 작아 전달력이 늦고, 핵심 파악 능력이 떨어지는 편이니 큰 줄기와 군더더기를 구별하여 논리적으로 말하는 능력을 키워 나가는 편이 좋다. 이러한 훈련을 양쪽 모두에게 지속적으로 해 간다면 부족한 점을 보완하고 강점을 키워 나가는 데 도움이 될 것이다.

소박하고 낮고 작은 사람, 선생님!

소박하고, 낮고, 작은 사람!

이것은 평소에 내가 생각하는 이상적인 스승상이다. 차림새는 상대를 위축시키지 않도록 소박하고, 마음은 자기 한계를 잊지 않아서 늘 낮고 겸손하고, 자기의 영향력을 가능한 작게 만들려고 노력하는 사람. 언제부턴가 나는 그런 사람이라야 아이를 제대로 키울 수 있다고 믿게 되었다. 그리고 그런 사람이 되는 것이 얼마나 어려운지도 속 깊이 느끼고 있다. 나도 어느 사이 고등학교에서 3년, 대학에서 12년째 강의를 하는 선생님의 자리에 서 있게 되었지만, 나 스스로를 돌아보면 '소박하고'라는 항목에만 세모 표시가 되고, '낮고 작은 사람'에는 여전히 가위표를 그릴 수밖에 없다. 아, 감추고 싶도록 초라하고 형편없는 성적! '작고 작아서' 편하고 미더운 느낌의 선생님이 되기란 정말 얼마나 어려운가!

그런데 나의 고1 시절 담임 선생님이시자 고교 3년 동안의 국어 선생님이 셨던 '명희 선생님'을 표현해 본다면, '소박하고, 낮고'에는 굵은 동그라미가 선명하게 그려지고, '작은'에는 세모 표시, 혹은 색다르게 구분되는 별표가 그려지지 않을까 싶다. 선생님은 인간미의 영향력을 '크게' 주고받으려는 사람이기 때문이다. 그래서 선생님은 오랜 세월을 사람이 만드는 천국과 지옥의 경계선에 터를 잡고 살고 계신다. 용광로의 열기로 주변 사람들의 특색을 혼융시키는 역할을 하며, 그 천국과 지옥의 경계선에서 일어나는 온갖 애정 분쟁의 한가운데에서 굳건히 자기 자리를 지키고 계시는 특이한 분. 나는 그런 독특한 선생님을 늘 흥미진진하게 지켜보고 좋아하지만, 그러나 선생님이 자리한 터 곁에 나도 터를 잡아 살아간다거나 흉내를 내 볼 생각은 하지 않는다. 선생님은 '사람끼리는 어쨌든 감동을 주고받아야 한다.'고 믿고 실천하고 계신 분인데, 나는 '어떤 존재든 서로 접촉된 자리는 진물 나게 헐고, 스친 자리에는 흠집이 생긴다.'는 생각으로 존재의 안전 거리 유지에 골몰하는 사람인지라 내가 선생님을 진심으로 좋아할 수는 있으되 닮을 수는 없음을 알기 때문이다.

선생님의 글은 선생님의 인생 일기나 마찬가지이며, 그것은 애정 일기나 마찬가지라고 생각한다. 그 일기는 천국과 지옥의 경계선에서 그 미묘한 온도 차이가 어떻게 판정되는가를 감별하는 데 많은 노력을 바치고 있어, '학생'뿐만이 아니라 '사람'들이 어떻게 해야 인간 애정의 천국으로 진입할 수 있는지를 열정적으로 안내하고 있다.

이 글을 읽는 동안 나는 곳곳에 감탄표와 간혹 물음표를 찍었다. 아마 선생님은 궁금증을 참지 못하고 "아, 글쎄, 그게 뭔지 우물거리지 말고 어느 대목인지 지금 당장 가져와 봐!" 하고 소리치실 것이다. 마치 애인의 일기장을 보고 싶어 안달하는 사람처럼, 선생님은 학생들의 독서 노트와 모든 반응에 대해 그런 반응을 보이신다. 선생님은 그렇게 반강제적으로 나의 감탄표와 물음표, 그리고 아주 드문 체크표를 검사하지만, 나는 선생님을 겁내지 않는다. 한 번도 선생님을 겁낸 적이 없다. 내가 일부러 어깃장을 놓고 속을 썩인 때라도 선생님을 겁낸 적이 없다. 그것은 선생님의 '낮은 마음'이 나를 감싸 안고 있음을 느꼈고 나의 반응을 그 자체로 존중해 주시리란 걸 잘 알고 있기 때문이다.

대체 명희 선생님의 그 넘치는 애정, 상처를 두려워하지 않고 상대방에게 성큼 다가서 버리는 그 애정, 그리고 인간에 대한 그 거대한 믿음은 어디에 뿌리를 둔 것일까? 나는 그것이 너무도 궁금하고 신기하다. 나는 선생님의 글을 읽으며, 자잘한 체크 표시로 선생님의 관심을 끌어보고 집적집적 짓궂게 장난쳐 보고 싶어진다. 그렇지만 사실은 선생님의 글에 대하여 노트 바닥 전면에 커다란 느낌표를 밑그림으로 그려 넣는다. 명희 선생님이 너무도 보고 싶다. 한결같은, 너무도 독특한 명희 선생님!

나는 선생님의 이 글을 많은 사람들이 읽고 와글와글 수다를 떨며, 명희 선생님과 수업에 대하여, 또 인간에 대하여 날밤을 새며 이야기하는 순간이 오기를 기다린다. 다른 분들은 어떻게 느끼고 무슨 생각을 하는지 너무 궁금하고 알고 싶은 것이다.

• • 제자 이지양
문학박사/성균관대학교 동아시아학술원 연구원

1. 윌리엄 피치, 『인간 만남 그리고 창조』(1991), 홍순철·고재섭 옮김, 민훈당

2. 김남선, 『아이들 앞에 바로 서려는 어른의 이야기』(1995), 풀빛

3. 전은주, 『말하기 듣기 교육론』(1999), 박이정

4. 이정숙, 『사람과 말하는 것이 즐겁다』(1999), 글읽는세상

5. 폴렛 데일, 『대화의 기술』(2002), 조영희 옮김, 푸른숲

6. 해리엇 브레이커, 『남 기쁘게 해주기라는 병』(2002), 이창식 옮김, 넥서스

7. 전영우, 『화법개설』(2003), 역락

8 엔도 슈사쿠, 『나를 사랑하는 법』(2003), 한은미 옮김, 시아출판사

9. 토머스 고든, 『교사 역할 훈련』(2003), 김홍옥 옮김, 양철북

10. 최병학, 『방송화술 Up-grade』(2002),

   『최병학의 화술 오딧세이』(2005), 아침기획

11. 경북 예천 국어교사모임,

   『영역을 통합한 수업으로 표현력 기르기』(1998)

12. 경북 국어교사모임, 『표현력 신장을 위한 말하기·듣기 교육』(2005),

   2005 여름 연수 자료집

13. KBS 아나운서실, 『한국어 표준 발음 강좌』, 한국방송출판

김명희의 표현교육

애들아, 말해 봐

초판 1쇄 펴낸날 2006년 12월 26일
재판 1쇄 펴낸날 2013년 3월 31일
재판 3쇄 펴낸날 2018년 10월 15일

지은이 | 김명희
펴낸이 | 김종필
편집장 | 나익수
디자인 협력업체 | the DNC
외주편집 | 전신애   디자인 | 김유나, 윤은주   표지 그림 | 이철민

종이 | (주)한솔PNS 강승우
인쇄 | 현문인쇄(인쇄), 최광수(영업)
출고 반품 | (주)문화유통북스 박병례, 윤영매, 임금순

펴낸곳 | 도서출판 나라말
출판등록 | 제 25100-2012-31 호
주소 | 03421 서울시 은평구 역촌동 83-25 정라실크텔 603호
전화 | 02-332-1446
전송 | 0303-0943-3110
전자우편 | naramalbooks@hanmail.net

값 12,000원
ISBN 978-89-97981-07-6 03800

＊이 책의 국립중앙도서관 출판시도서목록(CIP)은 e-CIP홈페이지(http://www.nl.go.kr/ecip)와
  국가자료공동목록시스템(http://www.nl.go.kr/kolisnet)에서 이용하실 수 있습니다.
  (CIP제어번호: CIP2013000649)

＊잘못된 책은 바꾸어 드립니다.